LE MASQUE
Collection de romans d'aventures
créée par
ALBERT PIGASSE

**DIX BRÈVES
RENCONTRES**

CE VOLUME COMPREND DIX NOUVELLES :

Agatha Christie

DIX BRÈVES RENCONTRES

RECUEIL DE NOUVELLES

Librairie des Champs-Élysées

Ce recueil a été publié sous le titre original :

THE AGATHA CHRISTIE HOUR

© AGATHA CHRISTIE LIMITED, 1982.
© LIBRAIRIE DES CHAMPS-ÉLYSÉES, 1983.
ISBN original : 0 - 002 - 31331 - 6 (Collins & Co LTD).

LA VIVANTE ET LA MORTE
(The Fourth man)

Le Rd Parfitt était encore tout haletant. Courir pour prendre le train n'était plus guère de son âge. D'abord, il n'avait plus sa sveltesse d'autrefois, et plus il prenait d'embonpoint, plus il avait tendance à s'essouffler rapidement. Cette tendance, le Rd Parfitt était habituellement le premier à la mentionner : « C'est le cœur, vous comprenez », disait-il, très digne.

Il se laissa tomber dans un des coins du compartiment de première classe avec un soupir de soulagement. La douce tiédeur du wagon chauffé lui parut des plus agréables. Dehors la neige tombait. Quelle chance d'avoir une place de coin pour un long voyage de nuit ! Terriblement fatigant dans le cas contraire. Il devrait y avoir des couchettes dans ce train.

Les trois autres coins étaient déjà occupés et, comme il en faisait mentalement la remarque, le Rd Parfitt s'aperçut que le voyageur assis à l'extrémité opposée de l'autre banquette l'avait reconnu et lui adressait un aimable sourire. C'était un homme au visage avenant, entièrement rasé, et aux tempes tout juste grisonnantes. Tout, en lui, révélait si bien l'homme de loi que personne n'aurait pu s'y tromper un instant. Sir George Durand était effectivement un avocat en renom.

— Eh bien, Parfitt, fit-il avec bonhomie, il me semble que vous avez couru !

— Très mauvais pour mon cœur, hélas ! dit le révérend. C'est une heureuse coïncidence de vous rencontrer, sir George. Vous allez loin dans le Nord ?

— Newcastle, répondit laconiquement sir George. A propos, connaissez-vous le Dr Campbell Clark ?

L'homme assis sur la même banquette que le révérend inclina la tête avec affabilité.

— Nous nous sommes trouvés sur le quai, poursuivit l'avocat. Encore une coïncidence.

Le Rd Parfitt examina le Dr Campbell Clark avec un vif intérêt. Il avait souvent entendu prononcer son nom. Le Dr Clark avait pris rang parmi les plus éminents spécialistes des maladies mentales et son dernier ouvrage, *Le Problème de l'inconscient*, avait été le livre le plus commenté de l'année.

Le Rd Parfitt vit une mâchoire carrée, des yeux bleus au regard franc et des cheveux tirant sur le roux, dans lesquels n'apparaissait encore aucun fil d'argent, mais qui commençaient à s'éclaircir sérieusement. Et il eut aussi l'impression d'une très forte personnalité.

Par une association d'idées bien naturelle, le révérend porta son regard sur le voyageur assis en face de lui, s'attendant presque à recevoir de ce côté-là aussi un petit salut familier, mais le quatrième occupant du compartiment était un parfait inconnu — un étranger, sans doute, pensa le révérend. C'était un homme mince, brun, et somme toute assez insignifiant. Enfoui dans un vaste pardessus, il paraissait dormir profondément.

— Le Rd Parfitt, de Bradchester ? s'enquit le Dr Campbell Clark d'une voix agréable.

Le révérend eut l'air flatté. Décidément, ces « sermons scientifiques » qu'il avait prononcés n'étaient pas passés inaperçus — cela était dû surtout au fait que la presse leur avait accordé une large place. De toute façon, c'était ce dont l'Eglise avait besoin : de bonnes prédications qui n'en soient pas moins d'actualité.

— J'ai lu votre livre avec beaucoup d'intérêt, docteur Clark, dit-il. Bien qu'il soit un peu trop technique pour moi par endroits.

Durand intervint :

— Préférez-vous parler ou dormir, révérend ? Je vous avouerai tout de suite que je souffre d'insomnie et que par conséquent j'opterai pour la conversation.

— Mais certainement ! J'en suis, fit le révérend. Je dors rarement au cours de ces longs voyages de nuit, et le livre que j'ai là est ennuyeux au possible.

— En tout cas, nous formons un petit groupe tout à fait éclectique, fit observer le docteur avec un sourire. L'Eglise, le Barreau et la Faculté.

— Peu de choses sur quoi nous ne puissions donner une opinion les uns ou les autres, hein ? dit Durand en riant. L'Eglise en se plaçant du point de vue spirituel, moi du point de vue juridique et purement temporel, et vous, docteur, couvrant le domaine le plus étendu de nous trois, puisqu'il va du purement pathologique au... super-psychologique ! A nous trois, nous devons être capables d'embrasser n'importe quel sujet de façon assez complète, il me semble.

— Pas si complète que vous l'imaginez, à mon avis, dit le Dr Clark. Il y a un autre point de vue que vous avez laissé de côté et qui est assez important.

— Et c'est ? demanda l'avocat.

— Le point de vue de l'homme de la rue.

— Est-il vraiment si important ? L'homme de la rue n'est-il pas généralement dans l'erreur ?

— Oh ! presque toujours. Mais il a ce qui manque fatalement à toute opinion de spécialiste — le point de vue personnel. En fin de compte, vous comprenez, on ne peut faire abstraction des réactions individuelles. J'en ai fait l'expérience dans ma profession. Pour chaque malade qui vient me trouver et qui souffre vraiment, il s'en présente au moins cinq qui n'ont absolument rien, si ce n'est une incapacité totale de vivre en bonne intelligence avec ceux dont ils partagent le toit. Ils appellent cela de tout ce qui leur passe par la tête — de l'hydarthrose du genou à la crampe des écrivains —, mais c'est toujours la même chose, la surface à vif produite par le frottement d'un cerveau contre un autre cerveau.

— Vous avez beaucoup de « nerveux » parmi vos malades, je suppose, fit remarquer le révérend en prononçant le mot avec un petit air dédaigneux. (Ses propres nerfs étaient excellents.)

— Ah ! voilà ! Et qu'entendez-vous par là ? (Le docteur s'était tourné vers lui, vif comme l'éclair.) Nerveux ! Les gens emploient ce mot et le font suivre d'un petit rire comme vous venez de le faire. Un tel n'a rien, disent-ils. C'est simplement les nerfs. Mais, grand Dieu ! mon cher monsieur, vous touchez là le fond du problème. On peut s'attaquer à une simple maladie du corps et la guérir. Mais, à ce jour, nous n'en savons guère plus sur les causes obscures des innombrables formes de maladies nerveuses qu'au temps de... du règne de la reine Elisabeth Ire !

— Dieu du ciel ! fit le Rd Parfitt, quelque peu décontenancé par cette attaque. Est-ce possible ?

— Cependant, voyez-vous, c'est un signe de grâce, reprit le Dr Clark. Jadis, nous considérions l'homme comme un simple animal, corps et âme — en insistant plus particulièrement sur le premier de ces deux éléments.

— Corps, âme et esprit, rectifia timidement le clergyman.

— Esprit ? (Le docteur fit un étrange sourire.)

Qu'entendez-vous exactement par l'esprit, vous autres ecclésiastiques ? Vous n'avez jamais été très explicites là-dessus, vous savez. Depuis des temps immémoriaux, vous avez reculé devant une définition précise.

Le révérend s'éclaircit la gorge pour prendre la parole, mais, à sa vive contrariété, l'occasion ne lui en fut pas donnée. Le docteur poursuivit :

— Sommes-nous même sûrs que « esprit » soit le mot qui convient ? Ne serait-ce pas plutôt « esprits » au pluriel ?

— Au pluriel ? demanda sir George Durand, levant comiquement les sourcils.

— Oui. (Campbell Clark cessa de regarder le révérend pour fixer les yeux sur lui. Il se pencha en avant et, de l'index, tapota légèrement la poitrine de l'avocat.) Etes-vous tellement sûr, dit-il gravement, qu'il n'y a qu'un occupant dans cet édifice — car ce n'est pas autre chose, vous savez —, cette agréable résidence à louer meublée pour sept, vingt et une, quarante et une, soixante et onze années, ou telle autre durée ? A la fin de son bail, le locataire déménage ses biens — peu à peu — puis quitte la maison tout à fait, et à ce moment celle-ci s'écroule et vous n'avez plus que ruine et décomposition. Vous êtes le propriétaire de la maison, nous l'admettrons, mais ne sentez-vous jamais la présence d'autres occupants — domestiques aux pieds légers, à peine remarqués, si ce n'est pour le travail qu'ils font — travail que vous n'avez pas conscience d'avoir fait ? Ou d'invités — des dispositions d'esprit qui s'emparent de vous et font de vous, momentanément, un « autre homme », comme l'on dit ? Vous êtes le roi dans votre château, soit, mais soyez bien assuré que le manant y est présent aussi.

— Mon cher Clark, dit lentement l'avocat, vous m'inquiétez terriblement. Mon esprit est-il vraiment un champ de bataille où s'affrontent des personnalités opposées ? Est-ce là la dernière découverte de la science ?

Ce fut au tour du docteur de hausser les épaules.

— Votre corps est bien un champ de bataille, dit-il sèchement. Alors pourquoi pas votre esprit ?

— Très intéressant, dit le Rd Parfitt. Ah ! merveilleuse science !... merveilleuse science !

Et, intérieurement, il pensait : « Voilà qui peut me fournir un thème pour un sermon retentissant. »

Mais, la surexcitation momentanée passée, le Dr Campbell Clark s'était renversé de nouveau sur son siège.

— A vrai dire, fit-il observer, d'un ton sèchement professionnel, c'est un cas de dédoublement de la personnalité qui m'appelle à Newcastle aujourd'hui. Un cas très intéressant. Sujet névropathe, bien entendu. Mais tout à fait authentique.

— Dédoublement de la personnalité, dit sir George Durand, pensif. Ce n'est pas tellement rare, je crois bien. Cela s'accompagne d'une perte de mémoire, n'est-ce pas ? Je sais que la question a été soulevée l'autre jour en justice à propos d'un testament.

Le Dr Clark approuva de la tête.

— Le cas classique, évidemment, dit-il, fut celui de Félicie Bault. Vous vous souvenez peut-être d'en avoir entendu parler ?

— Bien sûr, dit le Rd Parfitt. Je me rappelle avoir lu l'affaire dans les journaux — mais c'était il y a déjà longtemps, au moins sept ans.

Le Dr Clark fit un signe affirmatif.

— Cette fille devint célèbre en France, dit-il. Des savants accoururent de tous les coins du monde pour l'examiner. Elle n'avait pas moins de quatre personnalités distinctes. On les avait numérotées : Félicie 1, Félicie 2, Félicie 3, etc.

— N'a-t-on pas émis l'hypothèse d'une supercherie délibérée ? demanda sir George avec vivacité.

— Les personnalités de Félicie 3 et de Félicie 4 pouvaient peut-être prêter au doute, reconnut le docteur. Mais le fait principal demeure. Félicie Bault était une paysanne bretonne. Elle était la troisième d'une famille de cinq enfants, fille d'un père ivrogne et d'une mère faible d'esprit. Un jour qu'il était pris de boisson, le père étrangla la mère, ce qui lui valut, si je ne me trompe, d'être relégué à vie. Félicie avait alors cinq ans. Des gens charitables s'intéressèrent aux enfants et Félicie fut élevée et éduquée par une vieille demoiselle anglaise qui tenait une sorte de pensionnat pour enfants indigents. Cependant, celle-ci ne put pas faire grand-chose de Félicie. Elle la décrivit comme une enfant anormalement lente et stupide, maladroite de ses mains, et qui n'avait appris à lire qu'avec les plus grandes difficultés. Cette demoiselle, miss Slater, essaya de la préparer pour le service domestique et elle lui trouva effectivement plusieurs places lorsqu'elle fut en âge de travailler. Mais Félicie ne resta jamais longtemps chez les mêmes patrons en raison de sa stupidité et aussi de son immense paresse.

Le docteur s'arrêta un instant, et le révérend, recroisant ses jambes et se serrant davantage dans sa couverture de voyage, s'aperçut soudain que l'homme qui lui faisait face avait bougé très légèrement. Ses yeux, fermés jusque-là, étaient maintenant grands ouverts et il y avait dans leur regard une lueur railleuse et indéfinissable qui fit tressaillir le digne révérend. On eût dit que l'homme écoutait et qu'il se réjouissait secrètement de ce qu'il entendait.

— On possède une photographie de Félicie Bault à l'âge de dix-sept ans, poursuivit le docteur. Elle nous la représente comme une petite campagnarde aux traits sans finesse et à la constitution robuste. Rien dans cette photographie n'indique qu'elle était appelée à devenir une des personnes les plus connues en France

» Cinq ans plus tard, alors âgée de vingt-deux ans, Félicie Bault fut atteinte d'une grave maladie nerveuse et c'est lors de sa convalescence que les étranges phénomènes commencèrent à se manifester. Voici les faits, qui ont été certifiés par de nombreux savants parmi les plus éminents. La personnalité appelée Félicie 1 était indiscernable de la Félicie Bault connue depuis vingt-deux ans. Félicie 1 écrivait le français avec hésitation et en faisant d'énormes fautes ; elle ne parlait pas de langues étrangères et était incapable de jouer du piano. Félicie 2, au contraire, parlait l'italien couramment et l'allemand assez bien. Son écriture différait totalement de celle de Félicie 1 et elle écrivait le français dans un style coulant et expressif. Elle pouvait discuter de politique et d'art et elle aimait passionnément jouer du piano. Félicie 3 avait beaucoup de points communs avec Félicie 2. Elle était intelligente et possédait apparemment une bonne instruction, mais au moral le contraste était saisissant. Elle apparaissait en fait comme une créature complètement dépravée — mais dépravée comme elle aurait pu l'être si elle avait vécu à Paris et non en province. Elle connaissait à fond l'argot parisien et les expressions en usage dans le demi-monde. Son langage était licencieux et elle avait coutume de jurer contre la religion et ce qu'elle appelait les « bonnes gens » en des termes blasphématoires au dernier degré. Finalement, il y avait Félicie 4, créature rêveuse, simplette, nettement pieuse et prétendument douée de double vue, mais cette quatrième personnalité était fuyante et très peu convaincante et on a supposé parfois qu'il s'agissait d'une supercherie calculée de la part de Félicie 3 — une sorte de tour qu'elle jouait à un public crédule. Je peux dire que (à l'exception, peut-être, de Félicie 4) chacune de ces personnalités était parfaitement distincte et n'avait pas connaissance des autres. Félicie 2 était sans nul doute celle qui dominait et il lui arrivait de durer jusqu'à quinze jours de suite, après quoi Félicie 1 apparaissait subitement et restait un jour ou deux. Ensuite, ce pouvait être le tour de Félicie 3 ou 4, mais ces deux dernières occupaient rarement la place plus de quelques heures. Chaque changement était accompagné d'un violent mal de tête et d'un profond sommeil et, dans chaque cas, il ne subsistait pas le moindre souvenir des autres états, la personnalité du moment reprenant le fil de sa vie propre là où il avait été interrompu et n'ayant pas conscience du passage du temps.

— Remarquable, murmura le révérend. Tout à fait remarquable. Nous pouvons dire que nous ne savons encore à peu près rien des merveilles de l'univers.

— Nous savons qu'il y a dans cet univers un certain nombre d'imposteurs très malins, fit l'avocat d'un ton caustique.

— Le cas de Félicie Bault a été étudié par des hommes de loi aussi bien que par des médecins et des savants, reprit vivement le Dr Campbell Clark. Me Quimbellier, vous vous rappelez, a fait une enquête des plus minutieuses et a confirmé l'opinion des savants. Et après tout, pourquoi cela nous surprendrait-il tellement ? Il nous arrive de tomber sur des œufs avec deux jaunes, n'est-ce pas ? Et sur des bananes jumelles ? Pourquoi pas l'âme double — ou dans ce cas l'âme quadruple — dans un seul corps ?

— L'âme double ? protesta le révérend.

Le docteur tourna vers lui ses yeux bleus au regard perçant.

— Comment pouvons-nous appeler cela autrement ? C'est-à-dire, si la personnalité est l'âme ?

— Il faut se féliciter qu'un tel état de choses ne soit qu'un caprice de la nature, fit remarquer sir George. Si le cas était fréquent, il donnerait lieu à de jolies complications.

— C'est un état tout à fait anormal, cela se conçoit, opina le docteur. Il est réellement dommage qu'une étude plus longue n'ait pu être entreprise, mais tout cela se termina par la mort inopinée de Félicie.

— Il y a eu quelque chose d'étrange dans cette mort, si je me souviens bien, dit lentement l'avocat.

Le Dr Campbell Clark approuva de la tête.

— Une chose absolument inexplicable en effet. La jeune fille fut trouvée un matin morte dans son lit. Il était visible qu'elle avait été étranglée. Mais, à la stupéfaction de tous, il fut bientôt prouvé de façon péremptoire qu'elle s'était réellement étranglée elle-même. Les marques laissées sur son cou étaient celles de ses propres doigts. C'est là une méthode de suicide qui n'est sans doute pas matériellement impossible, mais qui a dû nécessiter une force musculaire énorme et une force de volonté presque surhumaine. Ce qui avait poussé cette fille à une telle extrémité n'a jamais été découvert. Il est évident que son équilibre mental avait été de tout temps précaire. Quoi qu'il en soit, le fait est là. Le rideau est retombé définitivement sur le mystère de Félicie Bault.

C'est alors que l'homme assis dans le coin près de la fenêtre se mit à rire.

Les trois autres sursautèrent comme s'ils avaient reçu un coup de fusil. Ils avaient totalement oublié la présence de leur compagnon silencieux. Comme ils tournaient des regards étonnés vers le coin où il était assis, toujours pelotonné dans son pardessus, il rit de nouveau.

— Il faut m'excuser, messieurs, dit-il dans un

anglais parfait où perçait cependant un léger accent étranger.

Il se redressa, laissant voir un visage pâle orné d'une petite moustache d'un noir de jais.

— Oui, il faut m'excuser, répéta-t-il, faisant le simulacre de s'incliner. Mais vraiment ! quand il s'agit de science, le dernier mot est-il dit ?

— Vous savez quelque chose sur le cas dont nous parlions ? demanda le docteur avec courtoisie.

— Sur le cas lui-même, non. Mais j'ai connu la jeune fille.

— Félicie Bault ?

— Oui. Et Annette Ravel également. Vous n'avez pas entendu parler d'Annette Ravel, je vois ? Et pourtant l'histoire de l'une est inséparable de l'histoire de l'autre. Croyez-moi, vous ne savez rien de Félicie Bault si vous ne connaissez pas aussi l'histoire d'Annette Ravel.

Il tira une montre de son gousset et regarda l'heure.

— Une demi-heure exactement avant le prochain arrêt. J'ai le temps de vous raconter l'histoire — c'est-à-dire, s'il vous plaît de l'écouter !

— Racontez, je vous en prie, fit le docteur.

— Nous en serons ravis, dit le révérend.

Sir George Durand se contenta de prendre une attitude d'intense intérêt.

— Mon nom, messieurs, commença leur compagnon de voyage, est Raoul Letardeau. Vous venez de parler à l'instant d'une demoiselle anglaise, miss Slater, qui s'intéressait aux œuvres de charité. Je suis né en Bretagne, dans ce village de pêcheurs, et quand mes parents trouvèrent tous deux la mort dans un accident de chemin de fer, ce fut miss Slater qui me recueillit et me sauva de l'équivalent de la maison des pauvres dans votre pays. Elle s'occupait d'environ vingt enfants, garçons et filles. Parmi celles-ci se trouvaient Félicie Bault et Annette Ravel. Si je ne puis vous faire comprendre la personnalité d'Annette Ravel, messieurs, vous ne comprendrez rien à ce qui va suivre. Elle était l'unique enfant d'une fille de joie qui était morte tuberculeuse, abandonnée par son amant. Cette mère avait été danseuse à ses heures et Annette aurait voulu devenir danseuse elle aussi. Quand je la vis pour la première fois, c'était un petit bout de femme de onze ans avec des yeux dans lesquels on lisait alternativement la moquerie et la promesse, une petite créature pleine de feu et de vie. Et aussitôt — oui, aussitôt —, elle fit de moi son esclave. C'étaient des « Raoul, fais ceci pour moi », « Raoul, fais cela pour moi ». Et moi, j'obéissais. Déjà je l'adorais et elle le savait.

» Nous avions pris l'habitude d'aller ensemble sur le rivage, tous les trois — car Félicie venait avec nous. Et là, Annette retirait ses chaussures et ses bas et se mettait à danser sur le sable. Et quand elle se laissait tomber hors d'haleine, elle nous disait ce qu'elle voulait faire et ce qu'elle voulait être plus tard :

» — Vous savez, je serai célèbre. Oui, très célèbre. Je veux avoir des centaines, des milliers de bas de soie, de la soie la plus fine. Et je vivrai dans un appartement magnifique. Tous mes amoureux seront jeunes et beaux, et riches aussi. Et quand je danserai, tout Paris viendra me voir. Les gens crieront, hurleront, s'égosilleront et trépigneront de joie en me voyant danser. Et quand viendra l'hiver, je cesserai de danser. J'irai me reposer au soleil, dans le Midi. Il y a des villas avec des orangers, là-bas. J'en aurai une. Je m'étendrai au soleil sur des coussins en soie et je mangerai des oranges. Quant à toi, Raoul, j'aurai beau être riche et célèbre, je ne t'oublierai jamais. Je te protégerai et je t'aiderai dans ta carrière. Notre

Félicie sera ma femme de chambre — non, elle est trop maladroite de ses mains... Regarde-les, tes mains ! Regarde comme elles sont épaisses et grossières.

» A ces mots, Félicie se fâchait, mais Annette continuait de la taquiner.

» — C'est une si grande dame, Félicie... si élégante, si raffinée. C'est une princesse déguisée... ha ! ha !

» — Mon père et ma mère étaient mariés, tu ne peux pas en dire autant des tiens, grognait Félicie d'un ton vindicatif.

» — Oui, et ton père a tué ta mère. Il y a vraiment de quoi se vanter d'être la fille d'un assassin !

» — Ton père a laissé ta mère se pourrir, rétorquait Félicie.

» — Ah ! oui. (Annette devenait songeuse.) Pauvre maman ! Il faut se maintenir forte et en bonne santé. C'est l'essentiel d'être forte et bien portante.

» — Je suis aussi forte qu'un cheval, moi, déclarait Félicie avec fierté.

» Et elle l'était sans aucun doute. Elle était deux fois plus forte que n'importe quelle fille du pensionnat. Et elle n'était jamais malade.

» Mais elle était stupide, vous comprenez, stupide comme une bête. Je me demandais souvent pourquoi elle suivait partout Annette comme elle le faisait. Cette dernière semblait exercer sur elle une sorte de fascination. Parfois, je pense, elle haïssait réellement Annette et il faut dire qu'Annette n'était pas bonne pour elle. Elle raillait sa lenteur et sa stupidité et elle l'humiliait devant les autres. J'ai vu Félicie le visage blanc de rage. Je craignais parfois de la voir saisir Annette à la gorge et la serrer dans ses mains puissantes jusqu'à l'étrangler. Elle n'avait pas l'esprit assez prompt pour répondre aux railleries d'Annette, mais elle finit par apprendre une riposte qui ne manquait jamais son but. Il lui suffisait de se vanter de sa force physique et de sa bonne santé. Elle avait compris (ce que je savais depuis toujours) qu'Annette enviait sa robuste constitution et elle frappait instinctivement au point faible de l'armure de son ennemie.

» Un jour, Annette vint me trouver toute joyeuse.

» — Raoul, me dit-elle, aujourd'hui nous allons nous amuser aux dépens de cette idiote de Félicie.

» — Que vas-tu faire ?

» — Viens derrière le petit hangar et je vais te le dire.

» Annette avait par hasard mis la main sur un certain livre. Il y en avait une partie qu'elle ne comprenait pas et, à vrai dire, le sujet était bien trop ardu pour elle. Il s'agissait d'un ouvrage ancien sur l'hypnotisme.

» — Un objet brillant, dit-on. Le bouton en cuivre au pied de mon lit ; on peut le faire tourner. Je l'ai fait regarder à Félicie hier soir. « Regarde-le fixement, je lui ai dit. Ne le quitte pas des yeux. » Et alors, je l'ai fait tourner. Raoul, j'ai eu peur ! Ses yeux avaient l'air si drôles — si drôles ! « Félicie, tu feras ce que je te commande, toujours », je lui ai dit. « Je ferai ce que tu me commanderas, Annette, toujours », elle a répondu. Et alors, alors j'ai dit : « Demain à midi, tu apporteras une chandelle de suif dans la cour de récréation et tu te mettras à la manger. Et si quelqu'un te pose une question, tu diras que c'est la meilleure galette que tu aies jamais goûtée. » Oh ! Raoul, qu'en dis-tu ?

» — Mais elle ne fera jamais une chose pareille, objectai-je.

» — Le livre dit que si. Ce n'est pas que je le croie vraiment, mais, oh ! Raoul, si le livre dit vrai, ce qu'on va s'amuser !

» Moi aussi, je trouvai l'idée très comique. Nous passâmes le mot à nos camarades et à midi nous étions tous dans la cour de récréation. Et voilà Félicie qui arrive, exacte à une minute près, un morceau de chandelle à la main. Me croirez-vous, messieurs, si je vous dis qu'elle se mit à la grignoter le plus sérieusement du monde ? Nous en étions malades de rire ! De temps en temps, un enfant ou un autre s'approchait d'elle et lui disait gravement : « C'est bon, ce que tu manges là, n'est-ce pas, Félicie ? » Et elle répondait : « Mais oui, c'est la meilleure galette que j'aie jamais goûtée. » Et alors nous éclations de rire. Nous finîmes par rire si fort que le bruit sembla faire prendre conscience à Félicie de ce qu'elle était en train de faire. Elle cligna des yeux avec un air perplexe et regarda successivement la chandelle et notre petit groupe. Elle passa sa main sur son front.

» — Mais qu'est-ce que je fais ici ? murmura-t-elle.

» — Tu es en train de manger une chandelle ! criâmes-nous.

» — C'est moi qui t'ai fait faire ça. Oui, c'est moi ! s'exclama Annette, exécutant devant elle un pas de danse.

» Félicie écarquilla les yeux un moment, puis elle marcha lentement sur Annette.

» — Ainsi c'est toi... c'est toi qui m'as ridiculisée ? Je crois me rappeler maintenant. Ah ! je te tuerai pour la peine.

» Elle parlait sur un ton tout à fait calme, mais Annette recula soudain devant elle et vint se cacher derrière moi.

» — Protège-moi, Raoul ! J'ai peur de Félicie. Ce n'était qu'une plaisanterie, Félicie, une simple plaisanterie.

» — Je n'aime pas ces plaisanteries-là, dit Félicie. Tu comprends ? Je te déteste. Je vous déteste tous !

» Elle fondit soudain en larmes et se sauva.

» Je pense qu'Annette fut effrayée par le résultat

de son expérience et qu'elle ne chercha pas à la renouveler. Mais à dater de ce jour son ascendant sur Félicie sembla augmenter.

» Félicie, je le crois maintenant, ne cessa jamais de la détester, et pourtant elle ne pouvait pas s'éloigner d'elle. Elle restait attachée à Annette comme un chien fidèle.

» A quelque temps de là, messieurs, on me trouva un emploi et je ne revins qu'occasionnellement au pensionnat, au cours de mes vacances. Le désir d'Annette de devenir danseuse ne fut pas pris au sérieux, mais elle montra en grandissant de fort bonnes dispositions pour le chant et miss Slater consentit à la faire préparer à la carrière de chanteuse.

» Elle n'était pas paresseuse, Annette. Elle travaillait fiévreusement, sans prendre de repos. Miss Slater fut obligée de l'empêcher de se surmener. Elle me parla d'elle un jour.

» — Tu as toujours eu beaucoup d'affection pour Annette, me dit-elle. Persuade-la de ne pas trop se fatiguer. Depuis quelque temps elle a une petite toux qui ne me plaît pas.

» Peu après, mon travail m'appela très loin de là. Je reçus une ou deux lettres d'Annette au début, puis plus rien. Je restai à l'étranger pendant cinq ans.

» Par le plus grand des hasards, quand je revins à Paris, mon attention fut attirée par une affiche de théâtre sur laquelle était un portrait d'une artiste du nom d'Annette Ravelli. Je la reconnus aussitôt. Le soir même, j'allai au théâtre en question. Annette y chantait en français et en italien. Sur la scène, elle était admirable. La représentation terminée, je me rendis à sa loge. Elle me reçut immédiatement.

» — Raoul ! s'écria-t-elle, tendant vers moi ses mains pâles. Quelle merveilleuse surprise ! Où étais-tu ces années passées ?

» Je le lui aurais dit, mais elle ne tenait pas vraiment à m'écouter.

» — Tu vois, je suis presque arrivée !

» Elle fit de la main un geste circulaire, un geste triomphant, pour me faire admirer sa loge encombrée de bouquets.

» — La bonne miss Slater doit être fière de ta réussite.

» — Cette vieille sorcière ? Non, sûrement pas. Sais-tu qu'elle me destinait au Conservatoire ? Pour donner des récitals devant un public guindé. Merci ! Moi, je suis une artiste. C'est ici, sur une scène de variétés, que je trouve à exprimer ma personnalité.

» A ce moment entra un homme d'un certain âge, aux traits fins, très distingué. D'après son attitude, je compris vite qu'il était le protecteur d'Annette. Il me jeta un regard en coin et Annette lui expliqua :

» — Un ami d'enfance. Il passe par Paris, voit mon portrait sur une affiche, et le voilà !

» L'homme se montra alors d'une parfaite affabilité. En ma présence, il exhiba un bracelet de rubis et de diamants et le passa au poignet d'Annette. Comme je me levais pour prendre congé, elle me jeta un regard de triomphe et murmura :

» — J'ai fait mon chemin, n'est-ce pas ? Tu vois ? Le monde entier m'appartient.

» Mais comme je quittais sa loge, je l'entendis tousser, d'une toux sèche et aiguë. Je savais ce que signifiait cette toux. C'était le cadeau que sa mère lui avait laissé en mourant.

» Je la revis ensuite deux ans plus tard. Elle était allée chercher refuge chez miss Slater. Sa carrière était brisée. Elle était atteinte de tuberculose avancée et les médecins s'accordaient à dire qu'il n'y avait rien à faire.

» Ah ! je ne l'oublierai jamais telle que je la vis alors ! Elle était couchée sous une sorte d'abri dans le jardin. On la faisait rester en plein air jour et nuit. Ses joues étaient creuses et empourprées, ses yeux brillants de fièvre.

» Elle m'accueillit avec une sorte de désespoir qui me fit sursauter.

» — Je suis heureuse de te voir, Raoul. Tu sais ce qu'ils disent... qu'il est possible que je ne guérisse pas. Ils le disent derrière mon dos, tu penses bien. Devant moi, ils essayent de me rassurer et de me consoler. Mais ce n'est pas vrai, Raoul, ce n'est pas vrai ! Je refuse de mourir. Mourir ? Quand j'ai devant moi une vie si belle qui me tend les bras ? C'est la volonté de vivre qui importe. Tous les grands docteurs le disent aujourd'hui. Je ne suis pas de ces faibles qui s'abandonnent. Je me sens déjà infiniment mieux... infiniment mieux, tu m'entends ?

» Elle s'appuya sur son coude pour donner plus de force à ses paroles, puis retomba, en proie à une quinte de toux qui déchirait son corps frêle.

» — Cette toux, ce n'est rien, dit-elle haletante. Et les hémorragies ne m'effraient pas. Je surprendrai les docteurs. C'est la volonté qui compte. Rappelle-toi, Raoul, je vivrai.

» C'était pitoyable, vous comprenez, pitoyable.

» A ce moment, Félicie Bault entra avec un verre de lait chaud sur un plateau. Elle tendit le verre à Annette et la regarda boire avec une expression que je ne pus sonder, mais où il y avait assurément une maligne satisfaction.

» Annette, elle aussi, surprit cette expression. Furieuse, elle jeta le verre par terre où il vola en éclats.

» — Tu la vois ? Voilà comment elle me regarde tout le temps. Elle est heureuse que je sois en train de mourir ! Oui, elle s'en réjouit. Elle qui est forte et bien portante. Regarde-la : jamais un jour de maladie, celle-là. Et tout ça pour rien. A quoi lui sert cette grande carcasse ? Que peut-elle en faire ?

» Félicie s'accroupit pour ramasser les morceaux de verre.

» — Je me moque de ce qu'elle peut dire, dit-elle d'une voix traînante. Qu'est-ce que cela peut faire ? Je suis une fille respectable, moi. Quant à elle, elle connaîtra les flammes du purgatoire avant long-temps. Je suis chrétienne. Je ne dis rien.

» — Tu me détestes ! cria Annette. Tu m'as tou-jours détestée. Ah ! mais cela n'empêche pas que je peux t'ensorceler. Je peux te faire faire ce que je veux. Vois maintenant, si je te le demandais, tu te mettrais à genoux dans l'herbe devant moi.

» — Vous êtes ridicule, dit Félicie, mal à l'aise.

» — Mais si, tu le feras. Tu vas le faire. Pour me faire plaisir. A genoux ! Je te l'ordonne, moi, An-nette. A genoux, Félicie !

» Que ce fût l'effet de sa voix étrangement persua-sive, ou pour quelque autre raison plus profonde, toujours est-il que Félicie obéit. Elle tomba lente-ment à genoux, les bras en croix, avec, sur le visage, une expression absente et stupide.

» Annette rejeta la tête en arrière et se mit à rire, d'un rire bruyant et interminable.

» — Non, mais regarde-la donc, avec sa figure stupide ! Ce qu'elle peut avoir l'air ridicule. Tu peux te relever maintenant, Félicie, merci ! Ce n'est pas la peine de me faire des yeux comme si tu voulais me dévorer. Je suis ta maîtresse. Tu dois faire ce que je te commande.

» Elle se laissa retomber, épuisée, sur ses coussins. Félicie prit son plateau et s'éloigna à pas lents. Elle se retourna une fois sur nous et la rancune qui couvait dans ses yeux me causa une profonde impression.

» Je n'étais pas là quand Annette mourut. Mais ce fut terrible, paraît-il. Elle se cramponna à la vie. Elle se battit contre la mort comme une forcenée. La respiration sifflante, elle répétait sans trêve : « Je ne veux pas mourir, vous m'entendez ? Je ne veux pas mourir, vous m'entendez ? Je ne veux pas mourir. Je veux vivre... vivre... »

» Miss Slater me raconta tout cela quand je vins la voir, six mois plus tard.

» — Mon pauvre Raoul, me dit-elle d'un ton maternel. Tu l'aimais, n'est-ce pas ?

» — Oui. Je l'ai toujours aimée. Mais de quel secours aurais-je pu lui être ? N'en parlons plus. Elle est morte, elle, si brillante, si pleine d'une vie ardente...

» Miss Slater était une femme compréhensive. Elle passa à un autre sujet. Félicie lui causait beaucoup de soucis, me dit-elle. Cette fille avait eu une curieuse sorte de dépression nerveuse et depuis elle se comportait de façon tout à fait surprenante.

» — Tu sais qu'elle apprend le piano, me dit miss Slater après un moment d'hésitation.

» Je l'ignorais et cette nouvelle me causa une vive surprise. Félicie apprenant le piano ! J'aurais mis ma main au feu que cette fille n'aurait pas pu discerner une note d'une autre.

» — Elle a du talent, à ce qu'on prétend, poursuivit miss Slater. Je n'y comprends rien. Je l'ai toujours considérée comme..., enfin, Raoul, tu le sais aussi bien que moi, elle a toujours été stupide.

» J'approuvai de la tête.

» — Elle se conduit si étrangement que je ne sais que penser.

» Quelques minutes plus tard, je gagnai la salle de lecture. Félicie jouait du piano. Elle jouait l'air que j'avais entendu Annette chanter à Paris. Vous comprenez, messieurs, que cela me donna un coup. Et alors, m'ayant entendu approcher, elle s'arrêta et se tourna brusquement vers moi avec des yeux intelligents et malicieux. Un instant, je crus... Non, je ne dirai pas ce que je crus.

» — Tiens ! fit-elle. C'est donc vous, monsieur Raoul.

» Je ne puis décrire la façon dont elle dit ces mots. Pour Annette, je n'avais jamais cessé d'être « Raoul ». Mais, depuis que nous nous étions retrouvés adultes, Félicie m'appelait toujours « monsieur Raoul ». Or, le ton qu'elle avait pris cette fois était différent, comme si le *monsieur*, légèrement accentué, avait en soi quelque chose d'amusant.

» — Ma parole, Félicie, balbutiai-je, tu parais toute changée aujourd'hui.

» — Vraiment ? dit-elle d'un ton réfléchi. C'est curieux, cela. Mais ne prenez pas un air si grave, Raoul — décidément, je vous appellerai Raoul : n'avons-nous pas joué ensemble étant enfants ? La vie a été faite pour rire. Parlons de cette pauvre Annette — elle qui est morte et enterrée. Est-elle en purgatoire, je me le demande, ou en quel endroit ?

» Et elle fredonna un fragment d'une chanson — pas tout à fait dans le ton, mais les mots attirèrent mon attention.

» — Félicie ! m'écriai-je. Tu parles italien ?

» — Pourquoi pas, Raoul ? (Elle rit de mon étonnement.) Je ne suis peut-être pas si bornée que je fais semblant de l'être.

» — Je ne comprends pas..., commençai-je.

» — Mais je vais vous l'expliquer. Je suis une actrice très douée, bien que personne ne s'en doute. Je peux jouer quantité de rôles — et les jouer tout à fait bien.

» Elle rit et sortit de la pièce en courant avant que j'aie pu l'arrêter.

» Je la revis encore avant de partir. Elle était endormie dans un fauteuil. Elle ronflait très fort. Je m'approchai d'elle et l'observai, fasciné, mais non sans un vague sentiment de répulsion. Elle s'éveilla en sursaut. Ses yeux, voilés et sans vie, rencontrèrent les miens.

» — Monsieur Raoul, murmura-t-elle.

» — Oui, Félicie. Je m'en vais maintenant. Veux-tu jouer encore un peu de piano pour moi avant mon départ ?

» — Moi, jouer du piano ? Vous vous moquez de moi, monsieur Raoul.

» — Tu ne te rappelles donc pas en avoir joué ce matin ?

» Elle secoua la tête.

» — Comment une pauvre fille comme moi saurait-elle jouer du piano ?

» Elle resta silencieuse un instant, comme plongée dans ses pensées, puis me fit signe de venir plus près.

» — Monsieur Raoul, il se passe de drôles de choses dans cette maison. On vous y joue des tours. On change l'heure aux pendules. Oui, oui, je sais ce que je dis. Et tout ça, c'est elle qui le fait.

» — Qui ça, elle ? demandai-je, vivement étonné.

» — Cette Annette. Cette mauvaise fille. Quand elle était vivante, elle n'arrêtait pas de me tourmenter. A présent qu'elle est morte, elle revient me tourmenter encore.

» Je la regardai avec inquiétude. Je voyais maintenant qu'elle était en proie à une terreur extrême. Les yeux lui sortaient de la tête.

» — Elle est mauvaise, celle-là. Elle est mauvaise, je vous le dis. Elle vous prendrait le pain de la bouche, vos vêtements sur votre dos, votre âme dans votre corps...

» Elle m'empoigna soudain par le bras.

» — J'ai peur, je vous le dis... peur ! J'entends sa voix... pas dans mes oreilles, non, pas dans mes oreilles. Ici, dans ma tête... (Elle se frappa le front.) Elle me chassera d'ici... elle me chassera pour de bon et alors qu'est-ce que je ferai, qu'est-ce que je deviendrai ?

» Sa voix s'enfla presque en un hurlement. Ses yeux lançaient des regards terrifiés d'animal aux abois...

» Et soudain elle fit un sourire, un sourire agréable, plein de malice, mais avec quelque chose de plus qui me fit frissonner.

» — Si ça devait en venir là, monsieur Raoul, je suis très forte de mes mains, terriblement forte.

» Je n'avais jamais bien remarqué ses mains auparavant. Je les regardai à ce moment et je ne pus m'empêcher de frémir. De gros doigts de brute et, comme elle l'avait dit, terriblement forts. Je ne peux vous exprimer la nausée qui me prit. C'était avec des mains pareilles que son père avait dû étrangler sa mère...

» Je ne devais plus revoir Félicie Bault. Aussitôt après je partis pour l'étranger, pour l'Amérique du Sud. J'en revins deux ans après sa mort. J'avais lu dans les journaux des détails sur sa vie et sa mort soudaine. J'en ai appris d'autres aujourd'hui en vous écoutant. Félicie 3 et Félicie 4... de celles-là, je ne sais que penser. Elle était douée pour la comédie, vous savez.

Le train ralentit soudain. L'homme se redressa sur son siège et boutonna son pardessus jusqu'au col.

— Comment expliquez-vous cela ? demanda l'avocat, se penchant en avant.

— J'ai du mal à croire..., commença à dire le Rd Parfitt, pour s'interrompre aussitôt.

Le docteur se taisait. Il considérait Raoul Letardeau avec une attention soutenue.

— *Vous prendre vos vêtements sur votre dos, votre âme dans votre corps*, répéta doucement le Français. (Il se leva.) Je vous le dis, messieurs, l'histoire de Félicie Bault est l'histoire d'Annette Ravel. Vous ne l'avez pas connue. Moi, si. Elle aimait passionnément la vie...

La main sur la poignée de la porte, prêt à descendre, il se retourna soudain et, se penchant, tapota la poitrine du Rd Parfitt.

— Monsieur le docteur a dit tout à l'heure que ceci... (sa main frappa le révérend au creux de l'estomac et le révérend fit une grimace), ceci n'est qu'une résidence. Dites-moi, si vous trouvez un cambrioleur dans votre maison, que faites-vous ? Vous le tuez, n'est-ce pas ?

— Oh ! non, s'écria le révérend. Non, sûrement pas — je veux dire, pas dans notre pays.

Mais il lança ces derniers mots dans le vide. La porte du compartiment s'était déjà refermée avec bruit.

Le clergyman, l'avocat et le docteur étaient seuls. Le quatrième coin était libre.

(Traduction de Roger Durand)

L'OFFICIER EN RETRAITE
(The Case of the discontented soldier)

Le major Wilbraham s'arrêta devant la porte du bureau de Mr Parker Pyne et lut, une fois encore, l'annonce insérée dans le journal de ce matin-là et qui, malgré son laconisme, le décidait à tenter cette démarche :

Etes-vous heureux ? Dans le cas contraire, consultez Mr Parker Pyne, 17, Richmond Street.

L'officier respira fortement puis, prenant son parti, franchit la porte à tambour qui ouvrait sur la première pièce. Une jeune employée au visage ingrat, assise devant une machine à écrire, leva les yeux d'un air interrogateur.

Wilbraham rougit et demanda :

— Mr Parker Pyne ?

— Suivez-moi, je vous prie.

Elle le précéda dans un bureau occupé par son patron.

— Bonjour, monsieur, dit celui-ci. Veuillez vous asseoir et me mettre au courant de ce que je puis faire pour vous.

— Je me nomme Wilbraham...

— Major ? Colonel ?

— Major.

— Bien. Je suppose que vous venez de rentrer des colonies. Les Indes ? L'Est africain ?

— L'Est africain.

— J'ai entendu dire que le pays est superbe...
Donc vous êtes revenu et vous n'êtes pas heureux...
Est-ce exact ?

— Absolument. Seulement, comment le savez-vous ?

Parker Pyne fit un geste péremptoire.

— Ma profession consiste à ne rien ignorer.
Voyez-vous, j'ai, pendant trente-cinq ans, travaillé à
compulser des statistiques dans un service du gouvernement. Maintenant, j'ai pris ma retraite et j'ai eu
l'idée d'appliquer mon expérience d'une manière différente. La question est fort simple : la tristesse peut
être classée en cinq catégories, pas une de plus. Or,
si l'on connaît la cause d'une maladie, le remède ne
doit pas être impossible à trouver. Je me mets à la
place du médecin. Celui-ci commence par porter un
diagnostic, puis il ordonne un traitement. Certes, il y
a des cas où aucun remède n'est applicable. Alors,
j'avoue franchement que je ne puis rien faire. Mais
quand j'entreprends une guérison, le succès est à peu
près garanti.

» Je puis vous affirmer, major, que quatre-vingt-
seize pour cent des bâtisseurs d'empire à la retraite
— c'est ainsi que je les nomme — sont malheureux ;
ils ont échangé une existence active, pleine de res-
ponsabilités et même de dangers contre une vie
moins large, un climat brumeux et l'impression
d'être un poisson hors de l'eau.

— Vous avez bien raison, répondit le major. La
monotonie et les interminables bavardages qui s'ap-
pliquent à de futiles histoires de village m'excèdent.
Mais que puis-je faire ? J'ai quelques revenus en plus
de ma pension et une gentille maison près de Cob-
ham. Cependant, je n'ai pas les moyens de suivre les
chasses ni de faire du sport. Je suis célibataire. J'ai
cinquante ans. Mes voisins sont tous aimables, mais
ils ont la vue courte.

— En somme, répondit Parker Pyne, vous trouvez l'existence trop simple ?

— Je crois bien !

— Vous aimeriez vivre au milieu des complications, voire même du danger.

L'ancien soldat haussa les épaules.

— Il n'y a rien de semblable dans ce pays encroûté !

— Je vous demande pardon : vous vous trompez. Londres est plein de dangers et d'agitation... Vous n'avez vu que la surface calme de l'existence anglaise. Je puis vous montrer un autre aspect.

Wilbraham regarda son interlocuteur d'un air pensif. Il lui trouvait l'air sérieux avec sa corpulence, son front dégarni, ses grosses lunettes et ses yeux intelligents.

— Je dois seulement vous prévenir, reprit le détective, qu'il y a un risque à courir.

Le regard du major brilla.

— C'est parfait. Quel est votre prix ?

— Cinquante livres, payables d'avance ; mais, si dans un mois vous vous ennuyez toujours, je vous les rendrai.

— Cela me paraît équitable, répondit Wilbraham après un instant de réflexion. Je vais vous donner un chèque.

Une fois cette formalité accomplie, Parker Pyne pressa un bouton sur sa table et déclara :

— Il est 13 heures ; je vais vous prier d'inviter une jeune femme à déjeuner... Ah ! Madeleine, reprit-il comme la porte s'ouvrait, permettez-moi de vous présenter le major Wilbraham qui va vous emmener au restaurant.

L'officier parut assez étonné, ce qui était normal, car celle qu'on lui présentait était brune, avait des yeux magnifiques, de longs cils, un teint de rose, une bouche pleine de séduction et sa toilette rehaussait sa grâce naturelle.

— Je suis charmé, murmura Wilbraham.

— Miss de Sels, présenta Parker Pyne, qui ajouta : J'ai votre adresse, major. Demain matin, vous recevrez mes instructions.

L'officier et la belle Madeleine sortirent.

Cette dernière revint vers 15 heures.

— Eh bien ? lui demanda Parker Pyne.

Elle secoua la tête.

— Il a peur de moi et me prend pour une vamp.

— Je le prévoyais. Avez-vous agi ainsi que je vous l'avais conseillé ?

— Oui. Nous avons étudié les autres clientes au restaurant. Son type de femme est blond, a les yeux bleus, l'air fragile ; il ne les aime pas très grandes.

— Voilà qui est facile. Passez-moi le registre B.

Le détective consulta une liste, puis ajouta :

— Ah ! Freda Clegg ! Trente-huit ans, célibataire. Je crois qu'elle remplira les conditions..., mais il faut que j'en parle à Mrs Oliver.

Le lendemain, le major Wilbraham reçut un mot ainsi libellé :

Lundi prochain, à 11 heures, allez à Eaglemont-Friars Lane, Hampstead, et demandez Mr Jones. Vous direz que vous venez de la part de la Société maritime Guava.

Le lundi matin, qui se trouvait être férié, le major se mit en route... mais il n'arriva jamais à destination car les événements l'en empêchèrent. La ville entière paraissait se diriger vers Hampstead. Il fut porté par la foule, à moitié étouffé dans le métro et eut grand-peine à trouver Friars Lane.

C'était un cul-de-sac mal tenu, plein d'ornières, bordé de maisons éloignées de la route ; elles avaient dû être belles, mais étaient tombées en ruine.

Wilbraham longeait la route et regardait les noms à demi effacés autrefois peints sur les grilles quand, tout à coup, il entendit un cri étouffé et s'arrêta pour écouter... Il se reproduisit et l'officier perçut le mot « ... secours ! » qui sortait de la maison devant laquelle il passait. Sans hésiter, il poussa la barrière branlante et se précipita dans l'allée pleine d'herbe où il aperçut une jeune fille qui se débattait entre deux immenses nègres ; elle se défendait vaillamment et ni ses agresseurs ni elle ne virent approcher Wilbraham qui porta un violent coup de poing au visage d'un des Noirs ; celui-ci tituba et le major attaqua son complice avec une telle force qu'il roula sur le sol... Les deux hommes se redressèrent et s'enfuirent tandis que le major se tournait vers la jeune femme qui, haletante, s'appuyait contre un arbre.

— Oh ! merci ! murmura-t-elle. J'ai eu bien peur !

Wilbraham vit alors que la rescapée était blonde, avait les yeux bleus et semblait assez fragile.

— Venez, lui dit-il. Je crois que nous ferons bien de nous éloigner car ces brutes pourraient revenir.

— Oh ! non, je ne crois pas, grâce à la manière dont vous les avez corrigés ! Vous avez été magnifique !

L'officier rougit devant son regard admiratif et marmotta :

— Ce n'est rien ! Voulez-vous prendre mon bras et pouvez-vous marcher après une semblable émotion ?

Elle tremblait encore, mais s'appuya sur le bras qui s'offrait et jeta un regard vers la maison.

— Je ne comprends pas ! murmura-t-elle. Cette habitation semble vide !

— Sûrement, répondit le major en examinant les volets fermés et l'aspect vétuste de l'immeuble.

— Pourtant, reprit-elle en montrant un nom à demi effacé, c'est bien *Whitefriars* et c'est là que je devais me rendre.

— Ne vous tourmentez pas pour l'instant. Dans une minute, nous pourrons trouver un taxi et nous irons boire une tasse de café.

Au bout du sentier, ils atteignirent une rue plus fréquentée et eurent la chance de voir un taxi déposer ses clients devant un immeuble proche. Wilbraham héla le chauffeur, lui donna une adresse et monta dans la voiture derrière la jeune fille.

— Ne parlez pas, lui dit-il. Vous venez d'avoir un sérieux choc... Je m'appelle Wilbraham.

— Et moi Clegg, Freda Clegg.

Dix minutes après, elle buvait du café chaud et regardait avec reconnaissance son sauveur assis en face d'elle.

— C'est un rêve... un mauvais rêve ! Dire qu'il y a peu de temps je souhaitais que ma vie soit moins uniforme ! Maintenant, j'ai horreur des aventures !

— Expliquez-moi ce qui s'est passé.

— Il va falloir que je vous parle beaucoup de moi !

— J'en serai charmé, répondit le major en s'inclinant.

— Je suis orpheline ; mon père, qui était officier dans la marine marchande, mourut quand j'avais dix-huit ans ; ma mère est morte il y a trois ans. Je travaille dans la Cité où je suis secrétaire à la Compagnie du Gaz. La semaine dernière, en rentrant chez moi, j'ai trouvé un monsieur qui m'attendait : c'était un homme de loi de Melbourne, un certain Reed. Il se montra fort poli et me posa plusieurs questions au sujet de ma famille ; puis il m'expliqua qu'il avait connu mon père autrefois et avait été chargé par lui d'une affaire d'intérêt. Enfin, il m'exposa l'objet de sa visite :

» — Miss Clegg, je crois savoir que vous pourriez bénéficier d'une transaction financière faite par votre père plusieurs années avant sa mort.

» Bien entendu, j'étais très étonnée, et il continua :

» — Il me paraît peu probable que vous en ayez jamais entendu parler. D'autant plus que John Clegg n'y a pas attaché d'importance. Cependant l'affaire s'est brusquement montrée rentable ; toutefois, pour en bénéficier, il faudrait que vous possédiez certains papiers, ils ont dû faire partie de ceux dont vous avez hérité après la mort de votre père, mais il est possible qu'ils aient été détruits comme n'ayant aucune valeur. Avez-vous gardé ces papiers ?

» Je lui expliquai que ma mère avait conservé divers souvenirs de son mari dans un vieux coffret qu'il avait à bord. J'y avais jeté un coup d'œil, mais n'y avais rien vu de sensationnel.

» — Sans doute, répondit Reed en souriant, n'étiez-vous pas à même d'en deviner l'importance.

» J'allai ouvrir le coffret et apportai à mon visiteur les quelques documents qu'il contenait. Il les regarda et déclara ne pas pouvoir, à première vue, se rendre compte de ce qui avait trait à l'affaire en question. Il m'offrit de les emporter et de me tenir au courant de ce qu'il trouverait d'intéressant. Samedi, au dernier courrier, j'ai reçu une lettre me proposant de venir à *Whitefriars*, Friars Lane, Hampstead, ce matin à 11 heures moins le quart pour discuter de l'affaire.

» J'étais un peu en retard car j'avais eu de la difficulté à trouver la maison, et je me hâtais de longer l'allée quand ces deux affreux nègres ont surgi des buissons et sauté sur moi. Je n'ai pas eu le temps de crier, car l'un d'eux a mis sa main sur ma bouche. Mais je me suis dégagée et j'ai appelé au secours... Grâce au ciel, vous m'avez entendue... autrement...

Son regard laissait deviner sa terreur.

— Je suis heureux de m'être trouvé là et je voudrais remettre la main sur ces brutes ! Je suppose que vous ne les aviez jamais vus auparavant ?

La jeune fille secoua la tête et demanda :

— A votre avis, qu'est-ce que cela signifie ?

— C'est difficile à dire. Cependant, un point paraît certain : il y a dans les papiers de votre père quelque chose qu'on veut trouver. Ce Reed vous a raconté n'importe quoi pour avoir l'occasion de les examiner, mais ce qu'il cherchait n'y était pas.

— Oh ! s'écria Freda, je me demande... Quand je suis rentrée samedi soir, j'ai eu l'impression qu'on avait fouillé ma chambre. J'ai cru que ma logeuse l'avait fait par curiosité... mais à présent...

— Vous pouvez être sûre que quelqu'un s'est introduit chez vous et a cherché, sans succès, ce qu'il pouvait s'approprier ; il a dû penser que vous aviez découvert la valeur du document, quel qu'il fût, et le transportiez sur vous. Alors, il a organisé ce guet-apens. Si l'on avait trouvé le papier, on vous l'eût arraché ; autrement, on vous aurait gardée prisonnière pour essayer de vous faire avouer où vous l'aviez caché.

— Mais de quoi peut-il bien s'agir ?

— Je l'ignore. Cependant, pour avoir essayé ainsi de s'en emparer, l'individu le juge précieux !

— C'est invraisemblable !

— Croyez-vous ? Votre père était marin ; il a pu, au cours de ses voyages en pays lointains, entrer en possession d'un secret dont il n'a même pas deviné la valeur.

— Serait-ce possible ? murmura Freda dont les joues pâles se teintèrent sous l'empire de l'émotion.

— Oui. Mais qu'allons-nous faire ? Je suppose que vous ne tenez pas à avertir la police ?

— Oh ! non !

— Vous avez raison ; je ne vois pas ce qu'elle pourrait faire et cela vous causerait des ennuis. Je vous propose de me permettre de vous offrir à déjeuner, puis de vous accompagner chez vous afin d'être sûr que vous y arriverez sans encombre. Puis nous pourrions chercher ce papier qui doit se trouver quelque part.

— Mon père a pu le détruire lui-même.

— Evidemment ; mais ces gens-là ne le croient pas, ce qui nous donne de l'espoir.

— Qu'est-ce que cela peut être ? Un trésor caché ?

— C'est possible ! s'écria le major avec un entrain juvénile. Allons déjeuner !

Le repas fut fort agréable. Wilbraham raconta son séjour dans l'Est africain et décrivit ses chasses à l'éléphant, ce qui enthousiasma Freda. Ensuite, il la ramena chez elle en taxi et elle commença par interroger sa propriétaire. Après quoi elle conduisit l'officier au second étage où elle occupait deux petites pièces, salon et chambre.

— C'est bien ce que nous pensions, déclara-t-elle. Un ouvrier est venu samedi matin sous prétexte d'installer un nouveau câble électrique et a dit que les fils de ma chambre étaient en mauvais état.

— Montrez-moi le coffret de votre père !

Freda prit un coffret cerclé de cuivre, en souleva le couvercle et dit :

— Vous voyez, il est vide.

Wilbraham réfléchissait.

— Etes-vous sûre qu'il n'y a pas d'autres papiers ailleurs ?

— Certaine. Maman les gardait tous dans cette boîte.

Le major examina l'intérieur du coffret et poussa une exclamation :

— Il y a une fente dans la doublure !

Il y passa la main, tâta avec précaution et entendit un léger craquement.

— Quelque chose a glissé derrière !

Il retira sa trouvaille : un morceau de papier fort sale, plié plusieurs fois, et l'étendit sur une table.

Freda, qui regardait par-dessus son épaule, poussa une exclamation de dépit :

— Il n'y a que de drôles de gribouillages !

— Mais c'est du *swahili* ! Le dialecte est-africain !

— C'est extraordinaire ! Savez-vous le lire ?

— Je crois bien ! Mais c'est stupéfiant !

Le major alla examiner la feuille devant la fenêtre, en lut et en relut le texte, puis revint vers Freda en souriant.

— Voici votre trésor caché !

— Non ! Pas possible ! Qu'est-ce ? Un galion espagnol coulé ?

— Ce n'est pas tout à fait aussi romanesque, mais cela revient au même. Ce papier indique la cachette d'un lot d'ivoire.

— D'ivoire ? dit la jeune fille stupéfaite.

— Oui. Il existe une loi qui ne permet d'abattre qu'un certain nombre d'éléphants. Or, un chasseur n'en a pas tenu compte. On le traquait et il a caché son butin... qui est important. Cette feuille indique assez clairement où le trouver. Il va nous falloir partir à sa recherche.

— Vous croyez que cela représente une jolie somme ?

— Vous aurez là une petite fortune agréable.

— Mais comment ce papier s'est-il trouvé parmi ceux de mon père ?

Wilbraham haussa les épaules.

— Peut-être le chasseur était-il mourant. Il avait rédigé son explication en swahili pour éviter les indiscrétions et l'avait donnée à votre père qui lui avait peut-être rendu service. Celui-ci, ne pouvant la déchiffrer, n'y a pas attaché d'importance... Ce n'est qu'une supposition, mais je ne serais pas étonné qu'elle fût juste.

— C'est passionnant ! soupira Freda.

— Seulement, reprit le major, qu'allons-nous

faire de ce précieux document ? Cela m'ennuie de le laisser ici, car ces gens pourraient revenir voir. Accepteriez-vous de me le confier ?

— Bien sûr. Mais... ne serait-ce pas dangereux pour vous ?

— Je suis coriace. Ne vous inquiétez pas pour moi.

Wilbraham plia le papier et le rangea dans son portefeuille, puis il ajouta :

— Puis-je venir vous voir demain ? J'aurai formé un projet et situé l'endroit sur la carte. A quelle heure rentrez-vous de la Cité ?

— Vers 18 h 30.

— Très bien. Nous tiendrons une conférence et vous me laisserez vous emmener dîner pour fêter l'événement. Donc, à demain.

Le major fut exact et, le lendemain, il sonnait à la porte de la maison. Une domestique lui ouvrit et répondit à sa demande :

— Miss Clegg est sortie.

— Je reviendrai, dit-il.

Puis il fit les cent pas dans la rue pour attendre. Le temps passa. A 19 heures, inquiet, il retourna sonner et dit à la servante :

— J'avais rendez-vous avec miss Clegg à 18 h 30. Etes-vous sûre qu'elle n'est pas là ou n'a laissé aucun message ?

— Etes-vous le major Wilbraham ?

— Oui.

— Alors, on a apporté une lettre pour vous.

Il saisit l'enveloppe, l'ouvrit et lut :

Cher Major,

Il se produit une chose étrange. Je ne puis écrire davantage. Voulez-vous venir me rejoindre à White-friars *dès que vous recevrez ceci ?*

Bien à vous,

Freda Clegg

Un effort de réflexion fit froncer les sourcils de Wilbraham qui tira, d'un air absent, une lettre de sa poche ; elle était adressée à son tailleur.

— Pourriez-vous, dit-il à la servante, me procurer un timbre ?

— Je pense que Mrs Parkins doit en avoir.

Elle ne tarda pas à reparaître en apportant un timbre que le major paya très largement. Puis il se dirigea vers une station de métro et jeta la lettre dans une boîte en passant.

Le mot de Freda l'avait inquiété. Pourquoi s'était-elle rendue, seule, sur les lieux de sa sinistre aventure de la veille ? C'était fort imprudent ! Reed était-il revenu et avait-il su persuader Freda qu'elle devait avoir confiance en lui ?

Wilbraham consulta sa montre : il était près de 19 h 30. Freda avait espéré qu'il se mettrait en route une heure plus tôt... Du reste, le ton cavalier de son message le troublait, car il ne lui paraissait pas en accord avec le caractère de la jeune fille.

Il était 19 h 50 lorsqu'il atteignit Friars Lane ; le crépuscule tombait. Ayant regardé autour de lui, il ne vit personne et poussa la vieille barrière tout doucement. Le cul-de-sac était désert et la maison paraissait plongée dans l'obscurité. Il avança lentement, en fouillant les alentours du regard afin de ne pas être attaqué par surprise.

Tout à coup, il s'arrêta car un rayon lumineux avait glissé sous une persienne. Donc, la maison n'était pas vide.

Le major pénétra dans le jardin et fit, sans bruit, le tour de la construction ; il ne tarda pas à trouver ce qu'il cherchait : une fenêtre mal fermée qui donnait sur une arrière-cuisine. Il la poussa, alluma une torche électrique qu'il avait achetée en route, éclaira l'intérieur de la pièce et grimpa sur l'entablement.

Il ouvrit la porte intérieure, n'entendit rien et fit

encore jouer sa torche. Il se trouvait dans une cuisine déserte. Au fond, une porte devait conduire dans le hall. L'ayant poussée, il se rendit compte qu'il allait pénétrer dans un grand vestibule aussi silencieux que le reste. Devant lui se trouvaient deux portes, l'une à droite, l'autre à gauche. Il choisit la première, tourna le bouton qui obéit, et avança. Sa lampe électrique lui montra une pièce nue. Au même instant, il perçut un mouvement derrière lui, se retourna... trop tard. Il reçut un coup sur la tête et sentit qu'on lui appliquait un mouchoir sous le nez...

Wilbraham ne put se rendre compte du temps qui s'écoula avant qu'il reprît conscience... et, quand il essaya de bouger, il comprit qu'il était ligoté.

Une vague lueur lui montra qu'il se trouvait dans un petit cellier ; ayant regardé autour de lui, il tressaillit : Freda, attachée comme lui, était étendue à quelques pas ; elle avait les yeux fermés mais, tandis qu'il la contemplait avec effroi, elle soupira, souleva les paupières, regarda Wilbraham, le reconnut et murmura :

— Comment ! vous aussi ? Que s'est-il passé ? Que vous est-il arrivé ?

— On m'a tendu un piège. Vous m'avez envoyé un mot me demandant de venir vous rejoindre dans cette maison...

Elle ouvrit de grands yeux étonnés :

— *Moi ?* Mais c'est *vous* qui m'avez écrit !

— Je vous ai écrit ?

— Oui, j'ai reçu la lettre à mon bureau. Vous me donniez rendez-vous ici plutôt que chez moi.

— On a employé le même procédé pour nous deux..., grommela Wilbraham, qui exposa la situation.

— Je comprends, dit Freda. On voulait...

— S'emparer du papier. Nous avons dû être suivis hier ! C'est ainsi qu'on m'a identifié.

— Vous ont-ils pris la feuille ?

— Je ne puis, hélas ! m'en assurer, dit le major en regardant tristement ses mains liées.

Au même instant, tous deux tressaillirent car une voix parut sortir du mur :

— Oui, merci, je l'ai, il n'y a pas d'erreur.

— Mr Reed..., murmura la jeune fille.

— Reed n'est qu'un de mes nombreux noms, chère mademoiselle, reprit la voix. Maintenant, j'ai le regret de vous dire que vous avez tous deux nui à mes projets, chose que je n'admets pas. Le fait que vous ayez trouvé cette maison me gêne énormément. Vous ne l'avez pas encore signalée à la police, mais il se pourrait que vous le fassiez. Or, cette maison m'est fort utile car on n'en revient jamais... On va... ailleurs. Tel sera votre cas. C'est regrettable, mais nécessaire.

La voix s'interrompit une seconde puis ajouta :

— Pas d'effusion de sang, j'en ai horreur. Mon système est beaucoup plus simple et, je crois, peu douloureux. Allons, il faut que je parte. Bonsoir !

— Ecoutez, s'écria Wilbraham, faites de moi ce que vous voudrez mais cette jeune femme n'est aucunement coupable et vous pouvez lui rendre la liberté sans inconvénient !

Il n'y eut aucune réponse.

Tout à coup Freda jeta un cri :

— L'eau !

Le major se retourna avec difficulté et suivit la direction du regard de Freda. Une espèce de petit ruisseau coulait d'un trou dans le plafond.

— Il va nous noyer ! haleta la jeune fille.

Le front de Wilbraham se couvrit de sueur.

— Nous ne sommes pas encore perdus. Appelons à l'aide ! Il est impossible qu'on ne nous entende pas...

Ils se mirent à crier tant qu'ils purent, mais sans résultat.

— Inutile, dit tristement l'officier. Nous sommes sous terre et il est probable que les portes sont matelassées. Si l'on avait pu nous entendre, cette brute nous eût bâillonnés.

— Oh ! sanglota Freda, c'est ma faute et je vous ai entraîné à ma suite !

— Ne vous inquiétez pas, mon petit ! C'est à vous que je pense. J'ai souvent couru des dangers et m'en suis tiré. Ne perdez pas courage, nous en sortirons car nous avons le temps. Avant que l'eau ne monte trop, des heures s'écouleront...

— Vous êtes admirable ! Je n'ai jamais rencontré quelqu'un comme vous... sauf dans les romans !

— Allons donc ! C'est une simple question de bon sens. Il faut que je desserre ces maudites cordes.

A force de tirer et de remuer, Wilbraham sentit, au bout d'un quart d'heure, ses liens se relâcher ; il parvint à pencher la tête et à lever les poignets pour attaquer les nœuds avec ses dents. Une fois qu'il eut les mains libres, le reste devint plus simple et, ankylosé mais énergique, il libéra Freda. L'eau ne leur arrivait qu'à la cheville.

— Maintenant, dit le major, sortons d'ici...

La porte du cellier était surélevée de quelques marches. Wilbraham alla l'examiner et déclara :

— Pas de problème, ici le bois est mince et les charnières céderont.

Il appuya ses épaules contre le battant et fit un effort... la porte craqua et sortit de ses gonds. De l'autre côté, il y avait un escalier et une seconde porte, beaucoup plus épaisse, munie de barres de fer.

— Ceci va être plus difficile, dit le major. Oh ! quelle chance ! Elle n'est pas fermée à clef !

Il la poussa, regarda de l'autre côté et fit signe à Freda de le rejoindre dans le couloir qui longeait la cuisine. Un instant après ils étaient sur la route. La jeune fille sanglotait et murmurait :

— C'était épouvantable !

— Pauvre chérie ! (Il la prit dans ses bras en disant :) Vous avez eu un courage admirable ! Freda, voulez-vous... je vous aime... acceptez-vous de m'épouser ?

Au bout de quelques minutes consacrées à la tendresse, Wilbraham déclara fièrement :

— Et nous savons même le secret de la cachette où se trouve l'ivoire !

— Mais on vous a volé le papier !

Il sourit :

— Pas du tout ! J'en ai fait une copie fantaisiste et, avant de venir vous rejoindre ici, j'ai mis l'original dans une lettre destinée à mon tailleur et l'ai jetée à la poste. Ces voleurs n'ont que la copie et je leur souhaite de l'agrément quand ils voudront s'en servir. Savez-vous ce que nous ferons, ma douce ? Nous irons en voyage de noces en Afrique du Sud et nous chercherons la cachette !

Mr Parker Pyne sortit de son bureau et monta deux étages. Arrivé au second, il entra dans une pièce occupée par Mrs Oliver, la romancière bien connue, qui faisait maintenant partie de son équipe. Elle était assise devant une machine à écrire posée sur une table encombrée de carnets, de manuscrits et d'un grand sac rempli de pommes.

— Vous avez créé une situation parfaite, lui dit aimablement Parker Pyne.

— Cela a bien marché ? J'en suis ravie.

— En ce qui concerne l'eau dans la cave, reprit le détective avec quelque embarras, vous ne croyez pas qu'une autre fois... nous pourrions avoir une idée plus originale ?

Mrs Oliver secoua la tête, prit une pomme dans le sac et répondit :

— Je ne suis pas de cet avis. Voyez-vous, le public a l'habitude de lire ce genre de récits : celliers inondés, gaz toxiques, etc., de sorte qu'il est beaucoup plus effrayé quand il en est victime lui-même. Les gens sont très conservateurs et apprécient volontiers les systèmes connus.

— Vous devez le savoir mieux que moi, reconnut son associé qui se souvenait des quarante-six romans à succès de Mrs Oliver, traduits en français, allemand, italien, hongrois, finnois, japonais et autres langues. Quelles dépenses avons-nous engagées ?

La romancière prit une feuille sur son bureau et déclara :

— Plutôt modestes, en somme ; Percy et Jerry, les deux « nègres », ont été très raisonnables. Le jeune acteur a accepté de jouer le rôle de Reed pour cinq guinées. Le petit speech de la cave n'était qu'un enregistrement sur phonographe.

— *Whitefriars* m'est vraiment utile, dit Parker Pyne. J'ai acheté cette maison pour presque rien et elle m'a déjà servi de décor pour onze scènes dramatiques.

— Oh ! j'oubliais le salaire de Johnny, ajouta Mrs Oliver. Cinq shillings.

— Johnny ?

— Oui : le gamin qui a versé l'eau dans le trou du plafond avec un tuyau.

— C'est vrai. Dites-moi, chère madame, où avez-vous appris le swahili ?

— Nulle part. Je me suis renseignée dans un bureau international. La seule chose qui me tourmente, c'est que nos deux héros ne trouveront pas d'ivoire quand ils iront en Afrique !

— On ne peut tout avoir ! répliqua le détective. Déjà, ils auront une lune de miel.

Mrs Wilbraham était assise sur une chaise longue. Son mari écrivait une lettre.

— Quel jour sommes-nous, Freda ? demanda-t-il ?

— Le 16.

— Le 16 ! Sapristi !

— Qu'y a-t-il, chéri ?

— Rien. Je pensais simplement à un garçon qui s'appelle Jones.

Même quand on est heureux en ménage, il y a des choses qu'on ne raconte pas. Le major Wilbraham pensait :

« J'aurais dû aller me faire rembourser mon argent. »

Puis, comme il était juste, il examina l'autre aspect de l'affaire : « En somme, c'est moi qui ai résilié le contrat. Je suppose que si j'étais allé voir Jones, il se serait produit un événement. Mais si je n'avais pas été en route pour chez lui, je n'aurais pas entendu l'appel de Freda et nous ne nous serions jamais rencontrés. Donc, ce Parker Pyne a indirectement gagné ces cinquante livres. »

De son côté, Mrs Wilbraham pensait :

« J'ai été bien sotte de croire que cette annonce pouvait donner un résultat et de payer trois guinées. Ces gens n'ont rien fait et il ne m'est rien arrivé grâce à eux. Si j'avais pu prévoir ce qui devait se produire ! D'abord, la visite de Mr Reed et ensuite la manière romanesque dont Charlie est entré dans ma vie ! Dire que, sans un hasard extraordinaire, j'aurais pu ne jamais le connaître. »

Elle se tourna et regarda son mari avec adoration.

(Traduction de Miriam Dou)

LE SIGNAL ROUGE
(The Red signal)

— Oh ! que c'est passionnant, s'écria la jolie Mrs Eversleigh en écarquillant ses beaux yeux bleus un peu vides d'expression. On dit toujours que les femmes ont un sixième sens. Pensez-vous que ce soit vrai, sir Alington ?

Le célèbre aliéniste sourit avec ironie. Il méprisait totalement les femmes jolies et sottes comme celle-ci. Alington West faisait autorité en matière de désordres mentaux et ne sous-estimait pas son importance. C'était un bel homme quelque peu poseur. Il répondit :

— Je n'ignore pas toutes les sottises qui ont cours. Un sixième sens ? Qu'est-ce que cela signifie ?

— Vous autres savants êtes toujours trop sévères. Mais la manière dont on sait les choses par avance, ou plutôt dont on les sent, est positivement mystérieuse. Claire sait de quoi je parle, n'est-ce pas, Claire ?

Elle s'adressait à la maîtresse de maison en faisant la moue et en levant une épaule.

Claire Trent ne répondit pas tout de suite. Le dîner avait été intime et n'avait compris que les hôtes — Claire et son mari Jack —, Violette Eversleigh, sir Alington West et son neveu Dermot West, ami de Jack Trent. Ce dernier, un peu lourd et rubicond, répondit en riant :

— Allons, Violette, si votre meilleure amie est tuée dans un accident de chemin de fer, vous vous souvenez aussitôt que vous aviez rêvé d'un chat noir la semaine précédente et que vous aviez senti qu'un malheur était imminent.

— Non, Jack, vous confondez prémonition et intuition. Voyons, sir Alington, vous avouerez que les prémonitions existent.

— Jusqu'à un certain point sans doute, répondit froidement l'aliéniste. Mais la coïncidence existe et aussi la tendance à tout exagérer — il faut en tenir compte.

— Je ne crois pas aux prémonitions, dit Claire d'un ton sec, ni à l'intuition, ni au sixième sens, ni à toutes les choses dont nous discutons sans réfléchir. Nous ressemblons à des trains qui foncent dans la nuit vers des destinations inconnues.

— Votre exemple est mal choisi, déclara Dermot West, qui prenait pour la première fois part à la discussion. (Ses yeux gris brillaient curieusement dans son visage hâlé.) Vous oubliez les signaux...

— Quels signaux ?

— Vert quand la voie est libre, rouge quand il y a danger.

— Rouge pour le danger, que c'est passionnant ! murmura Violette Eversleigh.

Dermot lui tourna le dos avec agacement et déclara :

— C'est une manière de parler. « Il y a danger devant vous, attention ! »

Trent le dévisagea attentivement.

— On dirait que vous parlez par expérience, mon vieux ?

— C'est vrai.

— Racontez-nous cela !

— Voici un exemple : j'étais en Mésopotamie, juste après l'armistice et, un soir, j'ai regagné ma tente, troublé par un pressentiment : « Danger. Attention. » Je ne comprenais absolument pas de quoi il pouvait s'agir. Je fis le tour de notre camp, pris toutes les précautions voulues contre une attaque possible d'Arabes hostiles. Puis, je rentrai sous ma tente. Dès que je fus à l'intérieur, la sensation devint plus forte. « Danger »... Je finis par sortir en emportant une couverture dans laquelle je m'enroulai et je dormis dehors.

— Et alors ?

— Le lendemain, quand j'entrai sous ma tente, la première chose que je vis fut un immense couteau enfoncé dans ma couchette juste à l'endroit où j'aurais dû être. Je ne tardai pas à découvrir le coupable : un de nos serviteurs arabes dont le fils avait été fusillé pour espionnage. Qu'en pensez-vous, oncle Alington, comme exemple de ce que j'appelle « le signal rouge » ?

Le spécialiste sourit vaguement.

— Ton histoire est très intéressante, mon cher Dermot.

— Mais vous n'y croyez guère ?

— Si, si ! je ne doute pas que tu aies eu la prémonition du danger. Mais c'est l'origine de cette prémonition que je discute. A te croire, elle est venue de l'extérieur, causée par une source inconnue. Mais, de nos jours, nous savons que tout prend en réalité naissance dans notre subconscient.

— Brave subconscient ! s'écria Jack Trent. On l'accuse de tout...

— Je suppose, reprit sir Alington sans accorder d'attention à cette boutade, que cet Arabe s'était trahi par un regard ou un geste que tu n'avais pas remarqué, mais que ton subconscient avait enregistré. Il n'oublie jamais rien. Nous croyons également qu'il peut raisonner et déduire indépendamment de notre volonté. Ton subconscient avait compris qu'on allait essayer de t'assassiner et il a réussi à te faire sentir le danger.

— J'avoue que cela semble sérieux, dit Dermot en souriant.

— Mais beaucoup moins intéressant, déclara Mrs Eversleigh.

— Il est également possible que tu te sois, inconsciemment, rendu compte de la haine que te vouait cet Arabe. Ce que l'on nommait autrefois « télépathie » existe sûrement, mais son origine demeure vague.

— Avez-vous eu d'autres exemples de prémonitions ? demanda Claire à Dermot.

— Oui, mais rien de sensationnel et je suppose qu'on pourrait les expliquer en parlant de coïncidences. Une fois, j'ai refusé une invitation dans une maison de campagne sans autre raison que l'apparition du « signal rouge ». Or, un incendie détruisit cette propriété au cours de la semaine. Par parenthèse, oncle Alington, quel rôle le subconscient a-t-il joué là ?

— Aucun, répondit l'interpellé en souriant.

— Cependant, vous avez trouvé une autre explication. Voyons, ne vous montrez pas cérémonieux en famille.

— Alors, mon neveu, je suppose que tu as refusé une invitation pour la raison toute simple qu'elle ne te séduisait pas ; puis, après l'incendie, tu t'es figuré que tu avais eu la prescience d'un danger, et désormais tu y crois sincèrement.

— C'est inextricable ! s'écria Dermot en riant.

— Peu importe, déclara Violette Eversleigh. Je crois à votre « signal rouge ». Est-ce en Mésopotamie que vous l'avez ressenti pour la dernière fois ?

— Oui... jusqu'à...

— Jusqu'à ?

— Oh ! rien...

Dermot garda le silence car il avait failli dire « jusqu'à ce soir ». Les mots étaient montés à ses lèvres et avaient exprimé une idée qu'il n'avait même pas encore comprise... mais il se rendait compte qu'elle existait : le « signal rouge » sortait des ténèbres et lui criait : « Danger, danger imminent... »

Mais pourquoi ? Quel danger pouvait-il courir dans la maison de ses amis ? Cependant, il y en avait un. Il regarda Claire Trent, admira son teint pâle, son corps svelte, la courbe exquise de sa nuque blonde. Mais ce danger-là existait depuis longtemps et ne risquait pas de devenir grave : Jack Trent était plus encore que son meilleur ami, car il lui avait sauvé la vie en Flandre et avait été décoré pour cela. C'était le meilleur des hommes et Dermot maudissait le jour où il s'était épris de la femme de Jack. Cela passerait sûrement, il allait s'employer à guérir. D'ailleurs Claire ne devinerait jamais et, dans le cas où elle s'en apercevrait, elle n'en souffrirait pas : elle était belle comme une statue, mais tout aussi froide. Pourtant... et bien qu'il eût déjà aimé, Dermot, n'avait jamais éprouvé un sentiment pareil. Mais le « signal rouge » devait s'appliquer à autre chose.

Il regarda autour de la table et, pour la première fois, s'aperçut que leur petit groupe était étrange : son oncle, notamment, n'acceptait jamais une invitation aussi peu cérémonieuse. Pourtant il n'était pas lié avec le ménage Trent et Dermot ne s'était jamais douté qu'ils se connaissaient.

Evidemment il y avait une raison, car un médium assez célèbre devait venir donner une séance après le dîner. Sir Alington se déclarait intéressé par le spiritisme. Ce devait être l'explication.

L'idée frappa l'esprit de Dermot : cette séance cachait-elle la raison de la présence du spécialiste ? En ce cas, quelle était cette raison ? De nombreux petits détails qu'il n'avait pas remarqués jusqu'alors se présentèrent à l'esprit du jeune homme : le grand spécialiste avait dévisagé Claire Trent qui avait semblé inquiète. Ses mains tremblaient et elle paraissait affreusement nerveuse, voire même effrayée. Pourquoi ?

Dermot fit un effort pour ramener son esprit au moment présent. Mrs Eversleigh avait entraîné le savant à parler de son travail.

— Chère madame, lui disait-il, qu'est-ce que la folie ? Je puis vous affirmer que, plus nous étudions ce sujet, plus il nous devient difficile de nous prononcer. Tous, tant que nous sommes, nous dissimulons nos pensées. Mais quand nous allons jusqu'à déclarer que nous sommes le tsar de Russie, on nous enferme ; cependant, avant d'en arriver là, il y a un long chemin à parcourir et, sur le parcours, à quel endroit planterons-nous une borne sur laquelle nous inscrirons : *De ce côté la raison, de l'autre la folie* ? C'est impossible à déterminer, et j'ajoute ceci : quand quelqu'un a des hallucinations, s'il n'en parle pas nous ne pourrons jamais le distinguer d'un individu normal ; l'étonnante sagesse des fous est fort intéressante à étudier.

Sir Alington but une gorgée de vin avec un plaisir évident et sourit à son auditoire.

— J'ai toujours entendu dire que les toqués sont très rusés, fit observer Mrs Eversleigh.

— Très rusés en effet et, si l'on fait disparaître leur idée fixe, le résultat est désastreux. La psychanalyse nous a d'ailleurs appris que toute modification est dangereuse. L'individu qui présente une certaine idée fixe inoffensive et peut la cultiver se montre rarement agressif. Mais l'homme ou la femme qui paraît absolument normal peut, en réalité, être un danger terrible pour la communauté.

Le médecin posa son regard sur Claire, puis il se détourna et goûta de nouveau son vin.

Une peur affreuse s'empara de Dermot. Son oncle croyait-il vraiment que... ? Et voulait-il faire comprendre sa pensée ? C'était impossible mais...

— Dire que tout cela viendrait du refoulement, soupira Mrs Eversleigh. Je comprends fort bien qu'il faut faire très attention à... à ne pas faire connaître sa personnalité car le danger est épouvantable.

— Vous m'avez mal compris, chère madame ! s'écria sir Alington. Le danger réside dans la matière cérébrale, il est parfois causé par un choc mais parfois aussi, il est, hélas ! congénital.

— L'hérédité est une chose bien triste, soupira la jeune sotte. Il y a la tuberculose et tout le reste.

— La tuberculose n'est pas héréditaire, répliqua le médecin d'un ton sec.

— Vraiment ? J'avais toujours cru qu'elle l'était. Et la folie se transmet donc ? C'est effrayant ! Quelles autres maladies peuvent l'être ?

— La goutte, répondit Alington en souriant, et le daltonisme. Dans ce dernier cas, c'est assez intéressant : il se transmet directement au mâle, mais il est latent chez les femelles. De sorte qu'il y a beaucoup d'hommes daltoniens, mais une femme doit avoir une mère daltonienne à l'état latent et un père qui l'est nettement. Toutefois, le cas se présente rarement et c'est ce qu'on appelle l'hérédité limitée par le sexe.

— Que c'est intéressant ! Mais il n'en est pas de même pour la folie ?

— Elle peut être transmise aux deux sexes indifféremment, répondit sir Alington qui poursuivit : Je suis venu tout exprès pour voir cette étonnante Mrs Thomson. Pourtant il n'a pas été nécessaire de me supplier, ajouta-t-il galamment.

Claire acquiesça d'un sourire et sortit de la pièce, une main posée sur l'épaule de Mrs Eversleigh.

— Je crains d'avoir « parlé boutique », fit observer le savant. Excusez-moi, mon cher.

— Aucune importance, répondit Trent d'un air indifférent.

Mais il paraissait tourmenté, inquiet et, pour la première fois, Dermot se sentit de trop en compagnie de son ami. Il y avait entre eux un secret qu'ils ne pouvaient partager, malgré leur vieille intimité. Pourtant la chose était invraisemblable, car, en somme, sur quoi se basait-il ? Sur deux regards et la nervosité d'une femme ?

Ils ne s'attardèrent pas sur leur porto et entrèrent dans le salon juste au moment où l'on annonçait Mrs Thomson.

Le médium était une femme replète, d'âge moyen, affreusement vêtue de velours grenat ; sa voix sonore était encore plus vulgaire.

— J'espère ne pas être en retard, dit-elle à Claire ; vous avez bien dit 9 heures, n'est-ce pas ?

— Vous êtes absolument à l'heure, madame, répondit Mrs Trent de sa douce voix quelque peu voilée. Notre petit cercle est au complet.

Suivant la pratique habituelle, aucune autre présentation n'eut lieu mais le médium jeta sur l'assistance un regard pénétrant.

— J'espère que nous aurons de bons résultats, dit-elle gaiement. Je ne saurais vous dire à quel point j'ai horreur de ne pas réussir. Je pense que Shiromako — mon contact japonais — pourra venir ce soir ; je me sens en pleine forme et, au dîner, j'ai refusé un plat que j'aime et qui est lourd.

Dermot écoutait, il était à moitié amusé, à moitié écœuré. Que tout ceci était donc prosaïque ! Cependant ne jugeait-il pas sottement ? Car, en somme, tout était normal et le don des médiums était véritable, encore que mal connu. A la veille d'une opération délicate un grand chirurgien pouvait surveiller sa nourriture. Pourquoi n'en serait-il pas de même

54

de Mrs Thomson ? Les chaises étaient disposées en cercle et les lumières pouvaient être intensifiées ou baissées. Dermot constata qu'il n'était pas question de procéder à des vérifications et que sir Alington n'examinait pas le médium. Non, sa présence avait un autre but. Dermot se souvint que la mère de Claire était morte à l'étranger assez mystérieusement. S'agissait-il d'hérédité ?

Il fit un effort et ramena son esprit vers l'instant présent. Chacun s'assit et on éteignit les lumières, à l'exception d'une petite lampe à l'abat-jour rouge, posée sur une table au fond de la pièce. Pendant un moment, on n'entendit que la respiration régulière du médium qui devint de plus en plus forte. Puis, si brusquement que Dermot sursauta, un coup violent se fit entendre au fond du salon, suivi d'un second du côté opposé, après quoi une rapide succession de chocs s'égrena et, quand ils se turent un éclat de rire moqueur traversa la pièce. Puis le silence revint avant d'être à nouveau rompu par une voix absolument différente de celle de Mrs Thomson, une voix aiguë aux accents étranges.

— Je suis ici, messieurs, annonça-t-elle. Ou...ii, je suis ici. Vous voulez poser questions à moi ?

— Qui êtes-vous ? Shiromako ?

— Oui, moi Shiromako. Suis arrivé depuis très longtemps. Moi travaille et moi très heureux.

D'autres détails sur la vie du Japonais suivirent. Ils étaient sans intérêt et Dermot en avait souvent entendu autant. Tout le monde était très heureux. Des messages émanant de vagues parents furent ensuite transmis, mais d'une façon assez floue pour s'appliquer à n'importe quoi. Une vieille dame, qui dit être la mère d'une des personnes présentes, se manifesta assez longtemps et répéta des conseils d'almanach avec entrain.

— Autre esprit veut communiquer à présent, annonça Shiromako. Lui avoir très important message pour un des messieurs.

Il y eut un silence ; puis une autre voix s'éleva et commença chacune de ses phrases par un ricanement démoniaque :

— Ha, ha, ha, ha ! Faut pas rentrer chez vous. Suivre mon conseil.

— A qui parlez-vous ? interrogea Trent.

— A l'un de vous trois. Si j'étais lui, je ne rentrerais pas. Ecoutez-moi. Danger... du sang... pas beaucoup de sang, mais bien assez... Non... ne rentrez pas...

La voix faiblit et répéta « ne rentrez pas... » Puis elle s'éteignit, et Dermot sentit se glacer son sang, car il était convaincu que l'avertissement le visait et qu'il courait un danger.

Le médium soupira, puis gémit... Mrs Thomson revenait à elle. On ralluma l'électricité et, au bout d'un instant, la voyante se redressa et ses paupières battirent.

— Etait-ce intéressant ? Je l'espère...

— Très intéressant. Merci infiniment, Mrs Thomson.

— Je pense que c'était Shiromako ?

— Oui, et d'autres...

— Je suis exténuée — c'est toujours épuisant. Je suis contente que ce soit réussi. J'avais peur d'un échec, il y a une drôle d'atmosphère ce soir, dans cette pièce.

Elle regarda tour à tour par-dessus ses épaules, puis les haussa d'un air malheureux et dit d'une voix craintive :

— Cela ne me plaît pas... Y a-t-il eu une mort subite parmi vous récemment ?

— Que voulez-vous dire « parmi nous » ?

— Dans votre famille ? Chez vos meilleurs amis ? Non ? Si je voulais donner dans le drame, je dirais que la mort flottait par ici ce soir. Oh ! ce n'est, sans doute, qu'une idée à moi. Au revoir, Mrs Trent, je suis contente que vous soyez satisfaite.

Mrs Thomson sortit, drapée dans son velours grenat.

— J'espère, sir Alington, murmura Claire, que cela vous a intéressé.

— Cette soirée fut passionnante, chère madame. Merci mille fois de me l'avoir procurée. Je vous souhaite le bonsoir. Je crois que vous allez tous à une soirée dansante ?

— Ne voulez-vous pas nous accompagner ?

— Non, non. J'ai pour règle d'être toujours couché à 11 h 30. Bonsoir, mesdames. Ah ! Dermot, je voudrais te dire un mot. Peux-tu m'accompagner ? Tu pourras rejoindre tes amis à la salle Grafton.

— Certainement, mon oncle. Je te reverrai là-bas, Trent.

Pendant le trajet jusqu'au domicile du médecin, dans Harley Street, l'oncle et le neveu n'échangèrent que peu de mots. Le premier s'excusa d'avoir emmené Dermot et lui promit de ne pas le retenir longtemps.

— Veux-tu que je fasse attendre la voiture, mon garçon ? demanda-t-il comme ils la quittaient.

— Ne prends pas cette peine, oncle Alington, je trouverai un taxi.

— Parfait. Je n'aime pas faire veiller Charlie plus qu'il n'est nécessaire. Bonsoir, Charlie... Où diable ai-je mis ma clef ?

La voiture s'éloigna tandis que le spécialiste fouillait dans ses poches. Il reprit enfin :

— J'ai dû la laisser dans mon autre pardessus. Veux-tu sonner ? Je pense que Johnson est encore debout.

En effet, le calme valet ouvrit la porte immédiatement.

— J'ai égaré ma clef, lui expliqua sir Alington. Apportez-nous du whisky et du soda dans la bibliothèque, s'il vous plaît.

— Certainement, monsieur.

Le médecin se dirigea vers cette pièce, alluma, puis fit signe à Dermot de fermer la porte.

— Je ne te retiendrai guère, lui dit-il, je désire te parler : me tromperais-je en disant que tu as un certain... penchant pour Mrs Jack Trent ?

Son neveu rougit violemment et répliqua :

— Jack Trent est mon meilleur ami.

— Ce n'est pas une réponse. Je suppose que tu considères mes idées sur le divorce et tout ce qui s'y rattache comme trop puritaines ; mais je veux te rappeler que tu es mon seul parent proche et, par conséquent, mon héritier.

— Il n'est pas question de divorce, répliqua sèchement Dermot.

— Certainement et ce pour une raison que je connais sans doute mieux que toi. Je ne puis te l'exposer à présent mais je tiens à t'avertir : Claire Trent n'est pas pour toi.

Le jeune homme fixa sur son oncle un regard calme.

— Je comprends fort bien... et, si tu me permets de te le dire, mieux que tu ne crois. Je connais la raison de ta présence chez les Trent ce soir.

— Comment ? (Le spécialiste était stupéfait.) Comment l'as-tu apprise ?

— Appelle cela une intuition ! Mais n'est-il pas vrai que tu étais là au titre de ta spécialité ?

Sir Alington se mit à marcher de long en large.

— Tu as parfaitement raison. Bien entendu, je ne pouvais te la révéler moi-même, quoique je craigne qu'elle soit bientôt de notoriété publique.

Le cœur de Dermot se serra.

— Es-tu donc... certain ?

— Oui, il y a de la folie dans cette famille du côté de la mère. C'est un triste, très triste cas.

— Je ne puis y croire.

— Ce n'est pas étonnant. Aux yeux du profane les signes sont peu apparents.

— Et pour un expert ?

— L'examen est concluant et, dans des cas semblables, le malade doit être enfermé aussi vite que possible.

— Juste ciel ! soupira Dermot. On ne peut interner quelqu'un sans motif.

— Mon cher enfant, on n'agit ainsi que lorsque sa liberté constitue un grave danger pour la communauté.

— Un danger ?

— Très grand... Probablement sous forme de manie homicide ; tel était le cas pour la mère.

Dermot se détourna en gémissant et enfonça son visage dans ses mains. Claire... la belle Claire aux cheveux d'or.

— Etant donné les circonstances, reprit l'oncle, j'ai estimé de mon devoir de te prévenir.

— Claire... ma pauvre Claire.

— Certes, nous devons tous la plaindre.

Dermot leva la tête :

— Je n'y crois pas.

— Quoi ?

— Je répète : je n'y crois pas. Les médecins commettent des erreurs, tout le monde le sait. De plus, ils ne voient que leur spécialité.

— Mon cher garçon !... cria sir Alington, furieux.

— Je te dis que je n'y crois pas... et, d'ailleurs, quoi qu'il en soit, j'aime Claire. Si elle veut me suivre, je l'emmènerai au loin, hors de la portée de ces illuminés de médecins. Je la protégerai, la soignerai, l'abriterai avec mon amour.

— Tu n'en feras rien ! Es-tu fou ?

Dermot fit entendre un rire ironique.

— Tu vas sûrement le prétendre !

— Ecoute-moi ! (Le visage de l'aliéniste était cramoisi de fureur.) Si tu fais une chose aussi scandaleuse, tout sera fini entre nous. Je supprimerai la rente que je te verse et je rédigerai un autre testament léguant aux hôpitaux tout ce que je possède.

— Tu peux faire ce que tu veux de ton maudit argent, répliqua Dermot d'une voix sourde. Moi, j'aurai la femme que j'aime.

— Une femme qui...

— Si tu prononces un mot contre elle, je te tuerai...

Un léger cliquetis de verres les fit se retourner : Johnson, qu'ils n'avaient pas entendu venir dans le feu de leur querelle, était entré, portant un plateau. Son visage de serviteur bien stylé était impassible, mais Dermot se demanda ce qu'il avait entendu.

— Très bien, Johnson, lui dit son maître. Vous pouvez aller vous coucher.

— Merci, monsieur, bonne nuit, monsieur.

Le domestique sortit.

L'oncle et le neveu se regardèrent, calmés par cette interruption. Dermot dit :

— Mon oncle, je n'aurais pas dû te parler ainsi. Je comprends que tu as, du point de vue auquel tu te places, parfaitement raison. Mais j'aime Claire Trent depuis longtemps et je ne lui en ai jamais rien dit parce que Jack est mon meilleur ami. Mais, vu les circonstances, cela ne compte plus et l'idée qu'une question d'argent puisse me retenir est absurde. Je crois que nous avons dit tout ce qui importait. Bonsoir.

— Dermot...

— Il est tout à fait inutile de discuter. Bonsoir, mon oncle. Je suis désolé, mais la cause est entendue.

Il sortit rapidement et ferma la porte. Le vestibule était dans l'obscurité. Dermot le traversa, ouvrit la porte qui donnait sur la rue et claqua le lourd battant derrière lui. Un taxi venait de déposer des clients un peu plus haut. Dermot le héla et se fit conduire à la salle Grafton.

Arrivé sur le seuil de la salle de bal, il resta debout un instant, pris de vertige. La bruyante musique de jazz, les femmes souriantes — il lui semblait avoir passé dans un autre hémisphère. Avait-il rêvé ? Cette sombre conversation avec son oncle avait-elle vraiment eu lieu ? Tout à coup, Claire passa devant lui, en dansant. Dans sa robe blanche et argent qui la gainait étroitement, elle avait l'air d'un grand lis ; elle lui sourit, son visage était calme. Il devait avoir rêvé.

La danse s'achevait et, bientôt, Claire était auprès de lui... Il l'invita à danser et, tandis que la discordante musique recommençait, elle était dans ses bras.

Soudain, il la sentit fléchir et lui demanda :

— Etes-vous fatiguée ? Voulez-vous que nous nous arrêtions ?

— Oui, si cela ne vous ennuie pas. Tâchons de trouver un coin où nous puissions parler. J'ai quelque chose à vous dire.

Ce n'était pas un rêve. Dermot retomba sur terre. Comment avait-il pu croire que son visage était serein ? Il était au contraire plein de terreur. Que savait-elle au juste ?

Il trouva un coin tranquille et s'assit auprès d'elle.

— Alors, dit-il en affichant une gaieté qu'il n'éprouvait pas, vous avez quelque chose à me dire ?

— Oui... (Elle baissait les yeux et jouait nerveusement avec la frange de sa ceinture.) Mais c'est assez difficile.

— Dites-le moi tout de même.

— Voici : je voudrais que vous... partiez pendant quelque temps.

Il fut stupéfait car il s'attendait à tout, sauf à cela.

— Vous voulez que je parte ? Pourquoi ?

— Il vaut mieux être sincère, n'est-ce pas ? Je sais que vous êtes un homme d'honneur, et aussi mon ami... Je désire que vous partiez parce que... je me suis éprise de vous...

— Claire...

Il ne savait que répondre ; elle reprit :

— Je vous en prie, ne croyez pas que je sois assez vaniteuse pour penser que vous... pourriez m'aimer aussi... Seulement je... je ne suis pas très heureuse... et... oh ! mieux vaut que vous partiez.

— Ne savez-vous donc pas, Claire, que je vous aime follement depuis le jour où nous nous sommes rencontrés ?

Elle leva vers lui un regard stupéfait :

— Vous m'aimez ?

— Depuis le premier jour.

— Oh ! s'écria-t-elle, pourquoi ne me l'avez-vous pas dit alors ? A l'époque où j'étais libre ? Maintenant il est trop tard. Non, je suis folle et je ne sais plus ce que je dis... je n'aurais jamais pu être à vous.

— Pourquoi ? Que signifient ces mots « il est trop tard » ? Pensez-vous à mon oncle ? A ce qu'il sait et à ce qu'il pense ?

Elle acquiesça sans mot dire et sa figure ruissela de larmes.

— Ecoutez-moi, Claire, il ne faut pas croire tout cela, n'y pensez plus. Vous allez venir avec moi dans les mers du Sud, dans les îles qui ressemblent à des bijoux verts. Nous serons heureux et je veillerai sur vous. J'écarterai de vous tout danger.

Il l'entoura de ses bras, l'attira vers lui et la sentit trembler à son contact. Mais, soudain, elle se dégagea vivement.

— Non, non, non. Ne comprenez-vous pas ? Je ne peux plus, maintenant. Ce serait laid...

Dermot hésita, déconcerté par ses paroles et elle le regarda d'un air suppliant.

— Je vous en conjure... je veux être honnête.

Il se leva et s'éloigna en silence ; il était ému et torturé... En allant chercher son chapeau et son par-dessus, il rencontra Trent qui lui dit :

— Comment ! Tu pars déjà ?

— Oui, je n'ai pas envie de danser, ce soir.

— La soirée n'est pas attrayante, répondit Jack tristement. Mais tu n'as pas mes soucis...

Dermot se demanda avec effroi si Trent n'allait pas se confier à lui ce qu'il ne voulait à aucun prix.

— Au revoir, dit-il, je rentre chez moi.

— Chez toi ? Et l'avertissement des esprits ?

— J'en accepte le risque. Bonne nuit, Jack.

L'appartement de Dermot n'était pas éloigné ; il marcha avec l'espoir que la brise nocturne calmerait sa fièvre. Arrivé devant la maison, il ouvrit la porte et alluma l'électricité dans sa chambre. Puis, aussi-tôt, pour la seconde fois de la soirée, l'impression qu'il appelait le « signal rouge » l'envahit si complète-ment qu'il en oublia même Claire.

Le danger... il était en danger, en cet instant, dans sa chambre, en grand danger... Il tenta vainement de se juger ridicule mais sans grand effet car, en somme, jusqu'alors, le « signal rouge » l'avait tou-jours préservé du désastre. Tout en se moquant un peu de sa superstition, il fit le tour de son logement car il n'était pas impossible qu'un malandrin s'y fût introduit. Mais il ne trouva rien. Milson, son domes-tique, était absent et l'appartement était complète-ment vide.

Il rentra dans sa chambre et se déshabilla lente-ment... Le sentiment du danger était de plus en plus fort. En allant prendre un mouchoir dans la commode, il demeura figé : un objet dur et lourd occupait le centre du tiroir. D'un geste nerveux, Dermot écarta le mouchoir qui cachait un revolver.

Stupéfait, Dermot l'examina. L'arme était d'un modèle peu courant et une balle avait été tirée récemment. Quelqu'un l'avait mise là dans la soirée, car il était certain qu'elle ne s'y trouvait pas quand il s'était habillé avant le dîner.

Il allait la remettre dans le tiroir quand le bruit d'une sonnette le fit tressaillir. Elle retentit plusieurs fois et résonna fortement dans le silence de la nuit.

Qui pouvait venir à cette heure ? La question faisait naître une seule réponse : « Danger... danger... danger... »

Poussé par un instinct qu'il n'identifiait pas, Dermot éteignit la lumière, enfila une livrée et alla ouvrir la porte du vestibule. Il y avait deux hommes sur le palier et, derrière eux, il aperçut l'uniforme bleu d'un policeman.

— Mr West ? demanda le premier visiteur.

Dermot crut avoir mis longtemps à répondre, mais en réalité, il ne s'écoula que quelques secondes avant qu'il ait répondu, en imitant assez bien le ton indifférent de son valet :

— Mr West n'est pas encore rentré. Que lui voulez-vous à cette heure-ci ?

— Pas encore rentré. Bien. Nous allons l'attendre.

— Non.

— Ecoutez, mon garçon, je suis l'inspecteur Verall, de Scotland Yard, et j'ai un mandat d'arrêt au nom de votre maître... Vous pouvez regarder...

Dermot fit semblant d'examiner le papier qu'on lui tendait et demanda avec stupeur :

— Qu'a-t-il fait ?

— Il a commis un assassinat. Sir Alington West, de Harley Street...

Affolé, Dermot recula, entra dans son petit bureau et alluma l'électricité. L'inspecteur le suivit et dit à son compagnon :

— Faites quelques recherches. (Puis, s'adressant à Dermot :) Vous, restez ici, et n'espérez pas aller prévenir votre maître. Comment vous appelez-vous ?

— Milson, monsieur.

— A quelle heure attendez-vous Mr West ?

— Je ne sais pas, monsieur, je crois qu'il est allé à une soirée à la salle Grafton.

— Il en est sorti il y a juste une heure. Vous êtes sûr qu'il n'est pas rentré ici ?

— Je ne pense pas, je l'aurais entendu.

Le deuxième policier reparut ; il tenait le revolver à la main et le remit à l'inspecteur d'un air satisfait. Son supérieur parut enchanté et déclara :

— Voilà une preuve, il a dû rentrer et repartir sans que vous l'entendiez. Il a filé ensuite. Il vaut mieux que je parte. Cawley, vous allez rester ici pour le cas où West reviendrait et vous surveillerez ce domestique, qui en sait sans doute plus qu'il ne l'avoue.

L'inspecteur s'en alla rapidement et Dermot tenta d'obtenir des détails en faisant parler Cawley qui ne s'y refusait pas.

— L'affaire est claire, déclara-t-il. Le crime a été découvert très vite. Le domestique, Johnson, venait à peine de se coucher quand il crut entendre une détonation ; il est redescendu et a trouvé sir Alington mort... tué d'une balle en plein cœur. Il nous a téléphoné tout de suite, nous sommes arrivés et avons recueilli sa déposition.

— Elle a éclairé l'affaire ? risqua Dermot.

— Absolument. Le jeune West est arrivé avec son oncle et ils se querellaient quand Johnson a servi des rafraîchissements. Le vieux menaçait de faire un nouveau testament et votre maître annonçait qu'il allait le tuer. Cinq minutes après on a entendu la détonation. Oh ! oui, c'est clair. Ce garçon n'est qu'un imbécile.

Oui, tout était clair et le cœur de Dermot se serra, tandis qu'il se rendait compte à quel point l'accusation était accablante. Oui, il y avait du danger... un affreux danger et aucun moyen d'y échapper, sauf la fuite... Il se mit à réfléchir et, au bout d'un instant, proposa de faire du thé. Cawley accepta volontiers car, ayant fait le tour de l'appartement, il savait qu'il n'existait pas d'autre issue que la porte d'entrée.

Dermot fut autorisé à se rendre à la cuisine où il mit une bouilloire sur le feu et remua des tasses et des soucoupes. Puis il s'approcha de la fenêtre et souleva le store. L'appartement était au second étage ; à l'extérieur de la fenêtre, il y avait une petite benne utilisée par des ouvriers et qui montait ou descendait sur son câble d'acier.

Dermot sortit par la fenêtre ; il se suspendit au câble qui lui coupa les mains. Il saigna mais il persévéra.

Quelques minutes après, il faisait avec précaution le tour du pâté de maisons ; soudain, il se cogna à quelqu'un qui était debout dans la contre-allée et, à sa grande surprise, il reconnut Jack Trent. Celui-ci paraissait avoir compris le danger de la situation.

— Grand Dieu... Dermot ! Vite, ne reste pas ici.

Saisissant son ami par le bras, il l'entraîna dans une petite rue sombre, puis dans une autre. Ils aperçurent un taxi en maraude, lui firent signe et sautèrent dedans. Trent donna son adresse au chauffeur et dit :

— Pour le moment, nous sommes en sûreté. Quand nous serons chez moi, nous déciderons de ce qu'il faudra faire pour écarter ces idiots. Je suis venu tout de suite dans l'espoir de te prévenir avant l'arrivée de la police, mais il était déjà trop tard.

— Je ne savais pas que tu étais alerté, Jack... Tu ne supposes pas...

— Bien sûr que non, mon vieux, je te connais trop bien. Cependant l'affaire est mauvaise pour toi. Les flics sont venus poser des questions : à quelle heure tu es arrivé salle Grafton, quand tu en es parti, etc. Dermot, qui est-ce qui a pu tuer le vieil Alington West ?

— Je n'en ai pas la moindre idée. Mais je suppose que c'est le coupable qui a mis le revolver dans mon tiroir. On devait me surveiller de près.

— Cette séance était bizarre : « Ne rentrez pas chez vous. » Le conseil s'adressait à ton oncle. Mais le pauvre vieux est rentré et a été tué.

— Cela s'applique à moi aussi, répondit Dermot. Je suis rentré et j'ai trouvé un revolver et un inspecteur de police.

— J'espère que l'avertissement ne s'applique pas également à moi, dit Trent. Nous voici arrivés...

Il paya le taxi, ouvrit la porte avec son passe-partout et fit monter Dermot par l'escalier obscur jusqu'à son petit bureau, au premier étage. Il ouvrit la porte, alluma l'électricité. Dermot entra et Jack le suivit en disant :

— Pour l'instant, nous sommes à l'abri. Nous pouvons réfléchir et décider de ce qu'il nous faut faire.

— Je me suis conduit comme un imbécile, s'écria Dermot. J'aurais dû faire front car je me rends compte à présent qu'on m'a tendu un piège... Pourquoi ris-tu ?

Car Trent, renversé contre le dossier de sa chaise, était secoué d'un rire inextinguible et affreux. L'homme lui-même était horrible à voir et ses yeux brillaient d'un feu étrange.

— Oui, un piège diablement adroit, hoqueta-t-il. Dermot, mon garçon, tu es flambé...

Il attira l'appareil téléphonique vers lui et le jeune homme s'écria :

— Que fais-tu ?

— Je vais appeler les gars de Scotland Yard. Je vais leur dire que leur oiseau est ici sous clef. J'ai fermé la porte en entrant. Inutile de regarder celle qui est derrière moi, elle conduit dans la chambre de Claire qui la ferme toujours de l'intérieur. Elle a peur de moi, tu comprends, et depuis longtemps, car elle devine toujours quand je pense à ce couteau, un couteau bien aiguisé... Non, tu ne pourras pas...

Dermot avait fait un mouvement pour sauter sur Trent, mais celui-ci brandit soudain un revolver.

— C'est le deuxième ! ricana-t-il. J'ai mis l'autre dans ton tiroir.... après m'en être servi pour tuer le vieux West. Que regardes-tu par-dessus ma tête ? Cette porte ? Cela ne te servirait à rien, même si Claire l'ouvrait. Pour toi, elle le ferait peut-être... Je t'aurai abattu avant que tu puisses bouger. Je ne te viserai pas au cœur, je me contenterai de t'estropier, afin de t'empêcher d'avancer. Tu sais que je suis un bon tireur. Je t'ai sauvé la vie une fois, idiot que j'étais. Non, je veux te voir pendu, oui, pendu... Le couteau n'est pas pour toi : il est pour Claire, la jolie Claire, si blanche, si douce... Le vieux West le savait, c'est pourquoi il est venu ici ce soir. Pour se rendre compte si j'étais fou ou non. Il voulait m'enfermer pour que je ne puisse pas tuer Claire avec le couteau. J'ai été très rusé car j'ai pris sa clef et aussi la tienne. Je suis parti de la salle Grafton tout de suite. Je t'ai vu sortir de chez ton oncle, je suis rentré, j'ai tiré sur lui et suis reparti aussitôt. Ensuite, je suis allé mettre le revolver chez toi ; j'étais de retour à la salle Grafton en même temps que toi et j'ai glissé ta clef dans ta poche en te disant bonsoir. Peu importe que je te raconte tout cela car nul ne nous entend et, quand tu seras pendu, je serai content que tu saches qui t'a conduit à la mort... Tu n'as aucune échappatoire, et cela me fait rire... Oh ! tellement rire... A quoi penses-tu et que regardes-tu ?

— Je pense à ce que tu as dit tout à l'heure... Tu aurais mieux fait de ne pas rentrer, Trent : le médium parlait pour toi !

— Que veux-tu dire ?

— Regarde derrière toi.

Trent se retourna. Sur le seuil de la porte du fond, Claire se dressait avec l'inspecteur Verall...

Trent agit très vite ; il tira et tomba en travers de la table. L'inspecteur bondit vers lui tandis que Dermot, les yeux fixés sur Claire, n'arrivait pas à coordonner ses pensées ; son oncle, leur querelle, le terrible malentendu, les lois anglaises sur le divorce qui n'eussent jamais permis à la jeune femme de se libérer d'un mari fou. « Nous devons tous la plaindre », avait dit l'aliéniste. Les mots prononcés par elle « ce serait laid »... Oui, mais à présent...

L'inspecteur se redressa et dit d'un air vexé :

— Il est mort.

— Oui, murmura Dermot, il a toujours été bon tireur...

LA JEUNE FILLE DANS LE TRAIN
(The Girl in the train)

— Et voilà ! constata George Rowland, l'air lugubre, en levant les yeux sur l'imposante façade noircie de fumée de la maison dont il sortait.

Elle aurait pu symboliser la toute-puissance de l'argent. Et cet argent que représentait William Rowland, oncle de George, avait eu le dernier mot. En moins de dix minutes, George, prunelle des yeux de son oncle, héritier de sa fortune et jeune homme plein d'avenir, avait grossi le nombre des chômeurs.

« Et avec ces vêtements-là, on ne voudra pas m'accorder l'allocation, songeait-il, toujours aussi lugubre. Quant à écrire des poèmes et les offrir de porte en porte pour deux *pence* (à votre bon cœur, madame !), je ne m'en sens pas le courage. »

Orgueil de son tailleur, George était habillé avec un goût exquis. Mais on ne vit pas de la coupe de son veston — à moins d'avoir subi un entraînement rigoureux.

« Et tout cela à cause de cette stupide revue ! »

Le spectacle avait eu lieu la nuit précédente à Covent Garden Ball. George en était revenu à une heure assez tardive — matinale, pour être plus exact. En fait, il ne se souvenait pas du tout de son retour. Rogers, le maître d'hôtel de son oncle, un garçon complaisant, aurait pu sans doute en dire davantage. Une tête lourde, une tasse de thé très fort et une arrivée au bureau à midi moins 5 au lieu de 9 heures et demie avaient précipité la catastrophe. Rowland senior, qui, durant vingt-quatre ans, avait pardonné et payé comme tout parent qui se respecte se doit de le faire, s'était brusquement montré sous un jour nouveau. La tête de George semblait s'ouvrir et se refermer sous les mâchoires d'un instrument de torture médiéval et l'inconséquence de ses réponses avait ajouté au mécontentement de son oncle. William Rowland savait prendre une décision. En quelques mots précis, il avait mis son neveu à la porte pour, aussitôt, reporter son attention sur l'étude interrompue de quelque terrain pétrolifère du Pérou.

George Rowland secoua de ses pieds la poussière du bureau de son oncle et s'en retourna dans la Cité. George était un garçon pratique. Un bon déjeuner, selon lui, était essentiel pour aider à passer la situation en revue. Il le prit. Puis il regagna la maison familiale. Rogers ouvrit la porte. Bien stylé, il n'exprima aucune surprise à voir le jeune homme à cette heure inusitée.

— Bonjour, Rogers. Faites mes bagages, voulez-vous. Je pars.

— Oui, monsieur. Pour quelques jours, monsieur ?

— Définitivement. Je m'embarque pour les colonies cet après-midi.

— Vraiment, monsieur ?

— Oui. C'est-à-dire, si je trouve un bateau. Vous vous y connaissez en navires, Rogers ?

— Quelle colonie Monsieur a-t-il l'intention de visiter ?

— Je ne suis pas fixé. N'importe laquelle. Pourquoi pas l'Australie ? Qu'en pensez-vous ?

Rogers eut une toux discrète.

— J'ai entendu dire que la place n'y manquait pas pour ceux qui désirent vraiment travailler.

Rowland le regarda avec intérêt et admiration.

— Ça, au moins, c'est net. Réflexion faite, je ne pars pas pour l'Australie... pas aujourd'hui, en tout cas. Trouvez-moi un indicateur, je vous prie. Nous allons chercher quelque chose de moins éloigné.

Rogers apporta le volume requis. George l'ouvrit au hasard et le feuilleta d'une main rapide.

— Perth..., trop loin. Putney Bridge..., trop près. Ramsgate ?... Non, réflexion faite. Reigate..., ça m'a toujours laissé froid. Tiens ! ça, par exemple ! Il existe un endroit baptisé Rowland's Castle. En avez-vous déjà entendu parler, Rogers ?

— Je crois, monsieur, qu'on y arrive par Waterloo Station.

— Vous êtes un type extraordinaire ! Vous savez tout. Rowland's Castle ! Je me demande à quoi peut ressembler cette ville.

— C'est à peine une ville, monsieur.

— Allons, tant mieux. Il y aura moins de concurrence. Ces petits hameaux tranquilles ont gardé un caractère féodal bien agréable. On saura y accueillir le dernier des Rowland. Je ne serais pas étonné qu'au bout d'une semaine on m'en élise maire. (Il referma l'indicateur d'un coup sec.) Le sort en est jeté. Préparez-moi une petite valise, voulez-vous, et le plus vite possible.

— Bien, monsieur.

Rogers apparut dix minutes plus tard.

— Dois-je appeler un taxi ?

— Oui, s'il vous plaît.

Rogers hésita un instant, puis s'approcha un peu.

— Monsieur voudra-t-il m'excuser ? Si j'étais lui, je n'attacherais pas trop d'importance à ce que monsieur son oncle a pu dire ce matin. Il a assisté à un dîner d'affaires hier soir et...

— N'insistez pas, coupa George. Je comprends...

— Et monsieur votre oncle a une certaine propension à la goutte...

— Je sais, je sais. La soirée a dû être dure pour vous, mon pauvre Rogers, avec nous deux ! Mais j'ai décidé de faire parler de moi à Rowland's Castle, le berceau de mon illustre famille... Cela ferait bon effet dans un discours, n'est-ce pas ? Un télégramme, ou un entrefilet dans un journal du matin, et je reviens en cas de besoin. Et, à présent, sus à Waterloo !

Waterloo Station n'était pas en beauté à cette heure de l'après-midi. Rowland découvrit un train disposé à le conduire à destination. Un train humble, effacé, qui ne faisait rien pour tenter le voyageur.

Le jeune homme porta son choix sur un compartiment de première classe inoccupé, en tête de convoi, et en prit possession. Le quai était désert et seul le halètement spasmodique de la locomotive rompait le silence.

Puis tout s'anima avec une rapidité surprenante. Une jeune fille ouvrit brusquement la porte du compartiment, arrachant Rowland aux débuts d'une petite sieste. Elle semblait fort émue.

— Cachez-moi ! Je vous en prie, cachez-moi !

George était avant tout homme d'action. En l'espace de sept secondes, la jeune fille était dissimulée sous la banquette et le jeune homme, un peu essoufflé, assis dans un coin, les jambes négligemment croisées, lisait avec beaucoup d'attention la rubrique sportive d'un journal du soir. Il était temps. Un visage déformé par la colère s'encadrait à la portière.

— Ma nièce ! Elle est ici ! Je la veux !

George écarta son journal d'un air de profond ennui.

— Pardon ? Vous désirez, monsieur ? s'informat-il poliment.

— Ma nièce ! Qu'en avez-vous fait ?

Partant du principe que le meilleur moyen de se défendre est d'attaquer, George réagit avec violence.

— Que diable essayez-vous d'insinuer ? s'écriat-il, réussissant une parfaite imitation de son oncle.

L'autre perdit l'usage de la parole un instant. Cette impétuosité soudaine le désarçonnait.

Il était gros et, peu entraîné à la course, haletait encore. Il avait les cheveux en brosse et une moustache à la Hohenzollern. Son accent était guttural et la raideur de son attitude laissait deviner que l'uniforme était sa tenue de prédilection.

George éprouvait la méfiance instinctive de l'Anglais vis-à-vis de l'étranger et une antipathie spéciale pour les individus d'aspect germanique.

— Que diable voulez-vous ? répéta-t-il d'un ton rogue.

— Elle est entrée ici, répondit l'autre. Je l'ai vue. Qu'en avez-vous fait ?

George rejeta son journal et se leva brusquement.

— Ah ! c'est comme ça ! gronda-t-il. Du chantage, hein ? Vous vous êtes trompé d'adresse, mon ami. J'ai lu l'article qui vous est consacré dans le *Daily Mail*, ce matin. Contrôleur ! Contrôleur !

Déjà alerté par les éclats de voix, l'employé accourait à grands pas.

— ... Contrôleur ! dit Rowland de cet air impérieux qu'adoptent volontiers les humbles, cet individu m'importune. Je porterai plainte pour tentative de chantage s'il le faut. Il prétend que j'ai dissimulé sa nièce ici. On signale une bande organisée spécialisée dans ce genre d'exercice. Cet homme en fait partie. Emmenez-le, voulez-vous ? Voici ma carte.

Le contrôleur regarda les deux adversaires tour à tour et son opinion fut vite faite. Il avait été dressé à se méfier des étrangers et à admirer les gens bien habillés voyageant en première classe. Il posa une main sur l'épaule du gros homme.

— Allez, ouste ! Descendez !

C'en fut trop pour l'étranger. Oubliant ce qu'il

savait d'anglais, il déversa sur les deux hommes un torrent d'insultes dans sa langue maternelle.

— ... Ça suffit comme ça ! coupa le contrôleur. Ecartez-vous, le train part.

Un coup de sifflet strident et le convoi s'ébranla lentement, comme à contrecœur.

Quand le train fut au bout du quai, George, abandonnant la portière, prit sa valise posée sur la banquette et la mit dans le filet.

— Tout va bien, dit-il ensuite. Vous pouvez vous montrer.

La jeune fille sortit à quatre pattes de sa cachette.

— Comment pourrais-je jamais vous remercier !

— Cela a été un plaisir pour moi, répliqua George avec nonchalance.

La jeune fille le regardait, un peu étonnée de son expression. Puis elle aperçut brusquement son image dans la glace et poussa un cri d'horreur.

On faisait chaque jour la toilette des compartiments mais on oubliait certainement le dessous des banquettes. George n'avait pas eu le loisir d'examiner la jeune fille avant sa disparition, mais il était à peu près certain qu'elle était habituellement soignée et élégante.

A présent, son petit chapeau rouge était cabossé et de travers et de longues traînées de suie lui zébraient les joues.

Elle fouilla dans son sac pour réparer les dégâts. Le jeune homme consacra les minutes qui suivirent à admirer le paysage.

— Comment vous remercier ?

George se retourna et répondit comme il l'avait déjà fait, mais d'un ton beaucoup plus chaleureux.

Elle était absolument ravissante ! Jamais encore il n'avait rencontré jeune personne plus séduisante.

— Vous avez été magnifique ! fit-elle, enthousiasmée.

— Mais non... Rien de plus simple. L'enfance de l'art... Trop heureux d'avoir pu vous rendre service.

— Magnifique, je le répète !

Il est très agréable de se faire traiter de héros par la plus jolie fille du monde et George goûtait fort le compliment appuyé d'un regard des plus émouvants.

Puis vint un silence embarrassé. La jeune fille semblait comprendre qu'elle était redevable d'une explication. Elle rougit légèrement.

— Le plus ennuyeux, dit-elle d'un ton où perçait la nervosité, est que, malheureusement, je ne peux vous expliquer...

— Vous ne *pouvez* pas...

— Non.

— C'est admirable ! dit Rowland avec un enthousiasme sincère.

— Quoi donc ? Je ne vois pas...

— Je dis que c'est admirable. Tout comme dans ces romans passionnants sur lesquels on passe des nuits. Dans tous, sans exception, l'héroïne ne peut rien expliquer au premier chapitre. Elle parle au dernier et on ne voit pas du tout pourquoi elle ne s'est pas décidée au début... à ceci près qu'il n'y aurait pas eu d'histoire. Je ne puis vous dire à quel point je suis ravi de me trouver mêlé à une aventure mystérieuse, une vraie... Je croyais que cela n'existait pas. Il s'agit sans doute de documents secrets de la plus haute importance et de l'Orient-Express. J'ai toujours eu un faible pour l'Orient-Express.

Elle lui lança un regard soupçonneux.

— Qui vous a parlé de l'Orient-Express ? demanda-t-elle d'un ton sec.

— Aurais-je commis une indiscrétion sans le vouloir ? dit vivement George. Peut-être votre oncle a-t-il l'habitude de prendre ce train...

— Mon oncle... Mon oncle...

— Je sais, dit George, compréhensif. J'en ai un, moi aussi. On ne saurait être responsable de ses oncles. Ce sont de ces petits inconvénients de la vie...

La jeune fille éclata de rire.

— Ah ! vous êtes rafraîchissant, reposant, dit-elle. (Et George perçut pour la première fois un léger accent étranger dans ses paroles. Elle n'était pas anglaise.) Monsieur...

— Rowland. George pour mes amis.

— Mon nom est Elisabeth...

Elle s'interrompit brusquement.

— J'aime beaucoup ce nom, dit George pour atténuer l'embarras de la jeune fille. Je veux espérer qu'on ne vous appelle pas « Bessie » ou une autre horreur du même genre ?

Elle secoua la tête.

— ... Maintenant que nous avons fait connaissance, Elisabeth, passons aux affaires sérieuses. Ayez la bonté de vous lever, je vais brosser votre manteau.

Elle obéit et George s'acquitta de sa tâche avec beaucoup de conscience.

— Merci, Mr Rowland.

— George pour mes amis, je le répète. Vous n'avez pas la prétention de vous introduire dans mon compartiment, de vous précipiter sous la banquette, de me mettre dans l'obligation de mentir à votre oncle sans accepter de me compter au nombre de vos amis ?

— Merci, George.

— Voilà qui est mieux.

— Suis-je correcte à présent ? demanda Elisabeth en essayant de se voir de dos par-dessus l'épaule.

— Vous êtes... parfaite, dit-il, contenant non sans peine son enthousiasme.

— Tout s'est passé si vite !

— En effet.

— Il m'a vue dans le taxi. A la gare, il est descendu sur mes talons. J'ai sauté dans le premier train venu... A propos, où va-t-il ?

— A Rowland's Castle, répondit George avec fermeté.

— Rowland's Castle ?

— Il s'arrête en cours de route, bien entendu. Mais, entre nous, j'espère qu'il arrivera là-bas avant minuit. Lentement mais sûrement, telle est la devise du Southern Railway...

— Je n'ai pas envie d'y aller...

— Vous me froissez. C'est un endroit délicieux.

— Vous le connaissez ?

— Pas exactement. Mais si Rowland's Castle ne vous convient pas, vous pouvez descendre à Woking, Weybridge ou Wimbledon.

— C'est une idée, approuva la jeune fille. Et je pourrai retourner à Londres par la route. Cela serait le mieux.

Elle n'avait pas fini sa phrase que le train ralentissait. Rowland leva un regard suppliant vers sa compagne.

— Puis-je faire quelque chose ?

— Non, vraiment. Je vous dois déjà beaucoup.

Un silence.

— ... Oh ! je voudrais pouvoir vous expliquer !

— Je vous en prie, n'en faites rien ! Cela gâcherait tout. Mais ne puis-je vous rendre un service ? Transporter les documents secrets à Vienne, par exemple ? Donnez-moi une chance.

Le train s'était arrêté. Elisabeth sauta sur le quai. Elle se retourna vers le jeune homme penché à la fenêtre.

— Parlez-vous sérieusement ? Etes-vous vraiment prêt à faire quelque chose pour nous... pour moi ?

— N'importe quoi, Elisabeth !

— Même si je ne vous en donne pas la raison ?

— Qui parle de raison ?

— Même s'il y a... du danger ?

— Plus il y en aura, mieux cela vaudra !

Elle hésita une seconde, puis se décida.

— Penchez-vous par la fenêtre. Regardez autour de vous d'un air indifférent.

Rowland obéit de son mieux.

— ... Voyez-vous cet homme, avec une petite barbe noire et un pardessus clair ? Il monte dans le train. Suivez-le, voyez ce qu'il fait et où il va.

— Est-ce tout ? Que dois-je ?...

— On vous enverra des instructions supplémentaires. Surveillez-le et... gardez ceci. (Elle lui glissa un petit paquet scellé entre les doigts.) Gardez-le au péril de votre vie. C'est la clef de toute l'affaire.

Le train repartit. Rowland resta à la fenêtre à suivre des yeux la gracieuse silhouette d'Elisabeth qui s'éloignait.

Le reste du voyage fut monotone. Le convoi, très lent, s'arrêtait à chaque station. George bondissait chaque fois à la vitre pour se convaincre que sa proie ne lui échappait pas. Quand l'arrêt se prolongeait, le jeune homme descendait sur le quai, allait s'assurer que l'autre n'avait pas changé de place.

Le barbu descendit à Portsmouth et prit une chambre dans un petit hôtel de second ordre. George l'imita.

Leurs chambres se trouvaient sur le même palier et presque voisines. Novice dans l'art d'exercer une filature, George s'était cependant juré de justifier la confiance d'Elisabeth.

Dans la salle à manger, le jeune homme se trouva placé non loin du barbu. Les dîneurs étaient peu nombreux. Des voyageurs de commerce pour la plupart, donnant toute leur attention à leur assiette. L'un d'eux, cependant, attira l'attention de George. De petite taille, les cheveux et la moustache d'un blond tirant sur le roux, un peu l'allure d'un homme de cheval.

George parut l'intéresser également car, le dîner terminé, il lia conversation et proposa une partie de billard. Mais le jeune homme refusa poliment ; du coin de l'œil, il avait vu le barbu mettre son chapeau et son manteau.

L'instant d'après, il était dans la rue.

La poursuite fut longue, ennuyeuse et apparemment sans but. Après avoir parcouru près de quatre kilomètres au hasard des pavés de Portsmouth, l'homme retourna à l'hôtel, Rowland sur ses talons.

S'était-il rendu compte de la filature dont il était l'objet ? Debout dans le hall, George réfléchissait à la question lorsque la porte d'entrée s'ouvrit, livrant passage au petit rouquin qui rentrait à son tour.

Soudain le jeune homme se rendit compte que le jeune prétentieux de la réception s'adressait à lui.

— Vous êtes Mr Rowland, n'est-ce pas ? Deux messieurs — deux étrangers — désirent vous voir. Ils attendent dans le petit salon, au bout du couloir.

Surpris, George se dirigea vers la pièce indiquée. Deux hommes se levèrent à son entrée et s'inclinèrent très bas.

— Mr Rowland ? Vous savez sans doute qui nous sommes.

Le porte-parole s'exprimait en excellent anglais. Ses cheveux gris inspiraient la considération. L'autre, plus jeune, était grand. Il avait le teint brouillé et les cheveux très clairs. L'expression nettement agressive de son visage boutonneux, d'une lourdeur toute germanique, ne le rendait pas particulièrement séduisant.

Ni l'un ni l'autre n'était le gros monsieur de Waterloo Station et George, soulagé, déploya toutes ses grâces.

— Je vous en prie, messieurs, asseyez-vous. Je

80

suis ravi de faire votre connaissance. Puis-je vous offrir quelque chose à boire ?

L'aîné des deux étrangers leva une main.

— Non, merci, lord Rowland. Nous ne disposons que de brefs instants... le temps de vous poser une question.

— C'est fort aimable à vous de m'élever à la pairie. Je suis désolé que vous ne vouliez rien boire. Mais quelle est cette question ?

— Vous avez quitté Londres en compagnie d'une certaine dame. Vous êtes arrivé seul ici. Où est cette dame ?

George se leva vivement.

— Je me refuse à comprendre, dit-il, glacial, s'efforçant de trouver le ton juste d'un héros de roman. Messieurs, permettez-moi de prendre congé...

— Vous nous comprenez parfaitement ! s'écria le jeune étranger sortant de sa réserve. Qu'avez-vous fait d'Alexa ?

— Du calme, murmura l'autre. Je vous en prie.

— Je puis vous assurer, dit George, que je ne connais personne de ce nom. Vous devez faire erreur.

Le vieux monsieur lui lança un regard acéré.

— C'est fort improbable, dit-il sèchement. Je me suis permis d'examiner le registre de l'hôtel. Vous vous êtes inscrit vous-même comme Mr G. Rowland, de Rowland's Castle.

George se sentit rougir.

— Une... une petite plaisanterie, répondit-il faiblement.

— C'est bien pauvre comme subterfuge. Inutile de biaiser. Où est Son Altesse ?

— Si vous voulez parler d'Elisabeth...

Le jeune homme boutonneux bondit.

— Insolent ! hurla-t-il. Cette familiarité, monsieur...

— Je veux parler, dit l'autre lentement, et vous le savez fort bien, de la grande-duchesse Anastasia, Sophia, Alexandra, Maria, Héléna, Olga, Elisabeth de Catonie.

— Oh ! gémit George cherchant à rappeler ses souvenirs.

La Catonie était, croyait-il, un petit royaume des Balkans qu'une révolution venait d'agiter. Un violent effort lui permit de recouvrer son calme.

— En effet, nous parlons de la même personne, reconnut-il avec une aisance un peu affectée. Seulement, moi, je l'appelle Elisabeth.

— Vous me rendrez raison ! s'écria le jeune étranger. Nous nous battrons !

— Pardon ?

— Parfaitement ! Nous nous battrons en duel.

— Non, répondit Rowland avec fermeté. Je déteste les duels.

— Et pourquoi cela ? s'enquit l'autre d'un ton rogue.

— J'ai trop peur d'être blessé.

— Ah ! c'est comme ça ? Je vais, de ce pas, vous casser la figure.

Le jeune homme s'approchait, menaçant. Une seconde plus tard, il décrivait dans l'air une gracieuse parabole avant de reprendre lourdement contact avec le sol. Il se releva, l'œil vague.

Rowland souriait toujours.

— Comme je vous le disais, remarqua-t-il, j'ai toujours peur de me faire blesser. Aussi ai-je jugé bon d'apprendre le judo.

Il y eut un silence. Les deux étrangers regardaient avec curiosité ce jeune homme dont l'air nonchalant semblait dissimuler de dangereuses qualités.

— Vous vous en repentirez ! dit entre ses dents sa victime, pâle de rage.

L'aîné n'avait rien perdu de sa dignité.

— Est-ce votre dernier mot, lord Rowland ? Vous refusez de nous dire où se trouve Son Altesse ?

— Je l'ignore moi-même.

— Nous n'en croyons rien.

— Vous n'êtes pas d'un naturel très confiant, semble-t-il.

L'autre secoua la tête.

— Ce n'est pas fini, murmura-t-il. Vous entendrez parler de nous.

Il sortit, suivi de son compagnon.

Resté seul, George se passa la main sur le front. Les événements se succédaient à une cadence vertigineuse. Il était évidemment mêlé à un scandale international de première grandeur.

« Peut-être y aura-t-il une autre guerre », se dit-il, plein d'espoir. Et, soudain, il se souvint du barbu. Que devenait-il ? Avait-il disparu ?

Il le découvrit, assis dans un coin du salon. Il s'installa dans l'angle opposé. Trois minutes plus tard, l'homme se leva et quitta la pièce. Rowland le suivit et le vit gagner sa chambre.

George, qui sentait le besoin impérieux d'une nuit de repos, fut satisfait de le voir refermer sa porte. Mais une cruelle pensée l'assaillit.

Et si le barbu se savait suivi ? S'il profitait de la nuit pour prendre le large ? Quelques minutes de réflexion lui suffirent pour résoudre le problème. Une chaussette détricotée le mit en possession d'une bonne longueur de laine de teinte neutre dont il alla fixer un bout, à l'aide d'un papier collant, à la porte du barbu. Puis il revint chez lui en déroulant la laine derrière lui. A l'autre extrémité il attacha une petite clochette en argent — souvenir des réjouissances de la nuit précédente. Satisfait, il contempla son œuvre. Le barbu ne pouvait plus sortir de sa chambre sans faire tinter la clochette.

Il plaça sous son oreiller le petit paquet confié par

la jeune fille et se coucha. Mais, tourmenté par la complexité de la situation, il ne put trouver aussitôt le sommeil. Quels rapports existait-il entre la grande-duchesse en fuite, le petit paquet et le barbu ? Que fuyait Son Altesse ? Les deux étrangers se doutaient-ils qu'il détenait le petit paquet ? Et que pouvait-il contenir ?

Irrité, mal à l'aise, il n'en sombra pas moins dans le sommeil.

Il fut éveillé par le faible tintement de la clochette. N'étant pas de ceux qui se trouvent prêts à l'action les yeux à peine ouverts, il lui fallut une minute et demie pour reprendre ses esprits. Puis, bondissant de son lit, il ouvrit doucement sa porte. Une ombre, au bout du couloir, lui indiqua la direction prise par son gibier. S'efforçant de ne faire aucun bruit, il prit la filature et arriva à temps pour voir le barbu péné-trer dans une salle de bains. Le fait était d'autant plus surprenant qu'il y en avait une autre juste en face de sa chambre.

Le jeune homme s'approcha de la porte qui n'était que poussée et jeta un coup d'œil par la fente. L'homme, à genoux, soulevait une latte du parquet, derrière la baignoire. Son travail dura cinq minutes. Il se releva et George battit prudemment en retraite. De la porte de sa chambre, il vit le barbu regagner la sienne.

« Bon, se dit-il. On élucidera demain matin le mys-tère de la salle de bains. »

Il regagna son lit et glissa une main sous son oreiller pour s'assurer que le précieux paquet s'y trouvait toujours. L'instant d'après, il arrachait les draps. Le paquet avait disparu !

C'est un George assez terne qui prit son petit déjeuner, le lendemain matin. Il n'avait pas été digne de la confiance d'Elisabeth. Il s'était laissé prendre le paquet qu'elle lui avait confié et le « mystère de la salle de bains » ne présentait aucun intérêt. Il n'y avait pas de quoi être fier de soi.

Son repas terminé, il remonta chez lui. Une femme de chambre attendait sur le palier, l'air perplexe.

— Ça ne va pas ?

— C'est le monsieur, le barbu. Il a demandé qu'on le réveille à 8 heures et demie. Mais il ne répond pas et la porte est fermée au verrou.

Inquiet, Rowland se précipita dans sa chambre et s'arrêta, stupéfait, au milieu de la pièce. Le petit paquet qu'on lui avait volé la nuit précédente se trouvait sur la coiffeuse !

Il le saisit, le retourna. Aucun doute, c'était lui. Mais on en avait brisé les cachets. Après une brève hésitation, il l'ouvrit. Chacun son tour, n'est-il pas vrai ? Une petite boîte en carton. A l'intérieur, sur un lit de coton rose, un simple anneau d'or, une alliance.

Il la cueillit entre le pouce et l'index, l'examina avec soin. Elle ne portait aucune inscription.

— C'est à devenir fou ! Fou à lier ! Je n'y comprends rien !

Il se rappela soudain ce que lui avait dit la femme de chambre.

Un coup d'œil à la fenêtre lui suffit : une large corniche courait le long du mur. La colère et la curiosité balayèrent en lui tout souci de danger. Déjà il enjambait la barre d'appui et, quelques secondes plus tard, il escaladait la fenêtre de la chambre du barbu. La pièce était vide. Une échelle d'incendie toute proche menait à la cour de l'hôtel. Inutile de chercher plus loin. L'homme s'en était servi pour fuir. Mais il n'avait pas pris le temps d'emporter ses vêtements. Peut-être ceux-ci apporteraient-ils une réponse aux questions que se posait George.

Il examinait le contenu d'un vieux sac de voyage quand un bruit léger le fit s'immobiliser. Il venait de la penderie. Il bondit, en ouvrit brusquement la porte et se retrouva sur le tapis, un homme entre les bras.

Au bout de quelques minutes d'une lutte échevelée, les deux adversaires se séparèrent, hors d'haleine, et George reconnut son assaillant : c'était le petit homme à la moustache rousse !

— Qui diable êtes-vous ? s'exclama-t-il.

Pour toute réponse, l'autre lui tendit sa carte.

— Inspecteur Jarrold, de Scotland Yard ! Parfaitement. Et vous feriez bien de me dire ce que vous savez de cette affaire.

— Je me le demande, fit Rowland, pensif. Réflexion faite, je crois que vous avez raison, inspecteur. Mais si nous choisissions un endroit plus accueillant ?

Ce fut au bar que George ouvrit son cœur. Jarrold l'écouta avec sympathie.

— En effet, c'est assez déconcertant, dit-il quand le jeune homme eut terminé son récit. Beaucoup de points restent obscurs, mais je vais vous dire ce que je sais. Je filais Mardenberg (votre barbu) lorsque votre entrée en scène et la façon dont vous le surveilliez éveillèrent mes soupçons. Vous m'intriguiez. La nuit dernière, j'ai profité de votre absence pour me glisser dans votre chambre et vous prendre la petite boîte qui se trouvait sous votre oreiller. Elle ne contenait pas ce que je cherchais ; j'ai saisi la première occasion pour vous la rendre.

— Cela éclaircit un peu la situation, mais il n'empêche que je me suis conduit comme un crétin...

— Ce n'est pas mon avis. Pour un amateur, vous vous en êtes joliment bien tiré. Vous êtes, dites-vous, allé chercher dans la salle de bains ce que l'homme à barbe y avait dissimulé ?

— Oui. Mais il ne s'agit que d'une banale lettre d'amour. Je n'ai nullement l'intention de me mêler de la vie privée de ce pauvre type.

— Cela vous ennuierait-il de me la montrer ?

George sortit de sa poche une lettre et la tendit à l'inspecteur qui la déplia et la lut.

— A première vue, vous avez raison. Mais essayez donc de tracer un trait réunissant tous les points des « i ». Vous avez trouvé là, monsieur, un plan des fortifications de Portsmouth !

— Quoi ?

— Oui. Nous avions cet individu à l'œil depuis longtemps. Mais il est malin. Il ne se « mouille » pas. Pour les besognes dangereuses, il emploie une femme.

— Une femme ? répéta George d'une voix sourde. Comment s'appelle-t-elle ?

— Elle a plusieurs noms mais on la connaît surtout sous celui de Betty-les-Belles-Châsses. Une très jolie fille.

— Betty... les-Belles-Châsses... Merci, inspecteur...

— Qu'avez-vous, monsieur ? Vous ne vous sentez pas bien ?

— Non. Je suis très malade. Je vais rentrer à Londres par le premier train.

L'inspecteur consulta sa montre.

— Vous n'aurez qu'un omnibus, à cette heure-ci. Attendez l'express, cela vaudra mieux.

— Cela n'a aucune importance, dit George, lugubre.

Installé dans un compartiment de première classe, George parcourait le journal d'un regard absent quand la lecture d'un entrefilet le fit sursauter :

Londres a servi de cadre, hier, à un mariage des plus romantiques. Celui de lord Roland Gaigh, deuxième fils du marquis d'Axminster, et de la grande-duchesse Anastasia de Catonie. La cérémonie avait été tenue secrète. La grande-duchesse vivait à Paris avec son oncle pendant la révolution de Catonie.

Elle avait rencontré lord Roland alors attaché d'ambassade au grand-duché. Leurs fiançailles datent de cette époque.

— Ça, alors...

Incapable d'exprimer ses sentiments avec plus de vigueur, Rowland se tut et resta le regard fixé dans le vide.

Le train s'arrêta à une petite gare et une jeune femme monta dans le compartiment. Elle s'assit en face du jeune homme.

— Bonjour, George, fit-elle doucement.

— Seigneur ! Elisabeth !

Elle lui souriait, plus ravissante que jamais.

George se prit la tête à deux mains.

— Oh ! mon Dieu ! Je vous en supplie, renseignez-moi : êtes-vous la grande-duchesse Anastasia, ou Betty-les-Belles-Châsses ?

Elle le regarda, surprise.

— Ni l'une ni l'autre, répondit-elle. Je m'appelle Elisabeth Gaigh. A présent, je puis tout vous dire. Je vous dois des excuses. Roland, mon frère, aimait Alexa...

— La grande-duchesse ?

— Oui. C'est le nom que lui donnent ses intimes. Donc, Roland l'aimait et elle aimait Roland. Pendant la révolution, Alexa se trouvait à Paris. Le vieux Stürm, le chancelier, a voulu lui faire épouser un de ses cousins, le prince Karl, un horrible garçon boutonneux...

— Je crois l'avoir rencontré, dit George.

— ... qu'elle détestait. Mais le prince Osric, son oncle, lui avait interdit de revoir Roland. Elle s'est enfuie en Angleterre. C'est moi qui l'ai accueillie. Roland était en Ecosse, nous lui avons envoyé un télégramme. Mais, à la dernière minute, le taxi dans lequel nous nous trouvions en a croisé un autre, occupé par le vieux prince Osric. Evidemment, il nous a suivies. Le pire était à craindre : il est le tuteur d'Alexa ! C'est alors que j'ai eu une idée. J'ai changé de chapeau et de manteau avec Alexa et nous avons dit au chauffeur d'aller à Waterloo Station. Comme nous l'avions prévu, Osric a été trompé par le chapeau rouge. Mais je n'ai pas voulu qu'il me voie, qu'il s'aperçoive de sa méprise... et je vous ai demandé de m'aider.

— Tout cela, c'est parfait, dit George. Mais la suite ?

— Ici, je vous dois des excuses. J'ai exagéré, vraiment. Vous sembliez tellement désireux de participer à une aventure mystérieuse que je n'ai pas pu résister à la tentation. J'ai choisi, sur le quai, l'individu à l'aspect le plus sinistre et je vous ai demandé de le suivre. Puis je vous ai confié le petit paquet.

— Qui contenait une alliance.

— Oui. Nous l'avions achetée, Alexa et moi, pour la remettre à Roland qui devait arriver d'Ecosse quelques instants avant la cérémonie et n'aurait pas le temps de passer chez le bijoutier. Alexa l'avait mise dans la poche de son manteau. Comment ont-ils fait sans elle ? Ils ont dû prendre un anneau de rideau...

— Je vois, dit George. Tout devient très simple, quand on sait. Vous permettez ?

Il s'était emparé de sa main gauche, la dégantait et poussa un grand soupir. Pas d'anneau...

— C'est parfait, il ne sera pas dit que cette bague n'aura servi à rien.

— Oh ! s'écria Elisabeth. Mais je ne vous connais pas !

— Vous me savez charmant, c'est l'essentiel. Et vous êtes lady Elisabeth Gaigh ?

— George ! Seriez-vous snob ?

— Terriblement. Mais je pense surtout à mon oncle... celui avec lequel je suis fâché ! Quand il saura que je vous épouse, qu'il y aura du sang bleu dans la famille, il me prendra aussitôt comme associé.

— Oh ! George, est-il vraiment très riche ?

— Elisabeth, seriez-vous intéressée ?

— Enormément. J'adore dépenser. Mais je songeais surtout à mon père qui a cinq filles nobles et belles comme le jour. Il rêve d'un gendre fortuné.

— Notre mariage semble devoir être de ceux qui sont conçus dans le ciel et qui trouvent leur accomplissement sur la terre, dit George. Habiterons-nous Rowland's Castle ? On me fera certainement lord-maire si vous êtes ma femme. Elisabeth, ma chérie, je vais contrevenir aux règlements des chemins de fer, je vais vous embrasser !

(Traduction de Monique Thies)

FLEUR DE MAGNOLIA
(Magnolia blossom)

Sous l'horloge de Victoria Station, Vincent Easton attendait. De temps à autre, il levait les yeux vers l'horloge, mal à l'aise, en se disant : « Combien d'hommes avant moi ont-ils attendu ici une femme qui ne venait pas ? »

Brusquement, une vive angoisse lui étreignit le cœur.

Et si Théo ne venait pas ? Si elle avait changé d'avis ? Ce serait bien typique d'une femme ! Est-il sûr d'elle ? A-t-il jamais été sûr d'elle ? Au fond, sait-il la moindre chose à son sujet ? Ne l'a-t-elle pas toujours intrigué, depuis le début ? Il y a deux personnages en elle : la femme charmante et rieuse, épouse de Richard Darrell — et puis l'autre, silencieuse, pleine de mystère, qui s'est promenée à ses côtés dans les jardins de Haymer's Close. Une fleur de magnolia. Voilà ce qu'elle évoque pour lui. Sans doute parce que c'est sous un magnolia qu'ils ont savouré leur premier baiser, aussi délicieux qu'incroyable. L'air fleurait le parfum sucré du magnolia et deux ou trois pétales s'étaient détachés, veloutés et odorants, pour se poser sur ce visage qui se tournait vers lui, aussi crémeux, aussi doux et silencieux qu'eux. Fleur de magnolia... exotisme, senteurs, mystère...

Cela remontait à quinze jours — ce n'était que la

deuxième fois qu'il la rencontrait seul à seule. Et là, il attendait qu'elle le rejoigne pour toujours.

De nouveau, l'incrédulité le transperça. Elle ne va pas venir. Comment peut-il y avoir cru ? Elle devrait renoncer à tant de choses ! Il est inimaginable que la belle Mrs Darrell puisse faire cela sans éclat : on en ferait immanquablement des gorges chaudes et le scandale serait tel qu'ils ne parviendraient jamais à le faire oublier complètement. Il existe des moyens mieux indiqués, plus efficaces de faire ce genre de choses : un divorce discret, par exemple.

Mais ils n'avaient pas songé une seconde à tout cela. Lui, du moins, n'y avait pas songé. Et elle ? Il n'a jamais rien su de ses pensées. C'est d'une façon presque timorée qu'il lui avait demandé de partir avec lui — car que représentait-il, après tout ? Rien de spécial. Il n'était qu'un producteur d'oranges comme il y en a mille autres, au Transvaal. Quelle vie avait-il à lui offrir, en comparaison de l'existence brillante qu'elle menait à Londres ? Mais il la désirait tellement qu'il n'avait pas pu s'empêcher de lui poser la question.

Elle avait consenti très calmement, sans hésiter ni protester. Comme s'il lui avait demandé la chose la plus naturelle du monde.

— Demain ? avait-il ajouté, tout surpris, sans y croire.

Et elle avait promis, de cette voix douce et brisée qui ressemblait si peu au timbre haut et argentin dont elle usait pour les mondanités. La première fois qu'il l'avait vue, il l'avait comparée à un diamant — à un noyau de feu étincelant qui reflétait la lumière par mille facettes. Mais à l'instant du premier contact, du premier baiser, le diamant s'était miraculeusement transformé en une perle aux douceurs de nuage. Une perle pareille à une fleur de magnolia, d'un rose crémeux.

Elle avait promis. Et il attendait qu'elle tienne sa promesse.

De nouveau, un coup d'œil vers l'horloge. Si elle n'arrive pas bientôt, ils vont manquer leur train.

Et, de nouveau, un remous douloureux en lui. Elle ne viendra pas. C'est évident. Quelle folie de sa part que d'y avoir cru ! Qu'est-ce qu'une promesse ? En rentrant chez lui, il trouvera une lettre où elle lui expliquera sa décision et protestera en disant tout ce que disent les femmes pour faire excuser leur manque de courage.

La colère montait en lui — la colère, et l'amertume de la déception.

Tout à coup, il l'aperçut qui se dirigeait vers lui, un léger sourire aux lèvres. Elle marchait lentement, sans hâte ni nervosité, comme quelqu'un qui aurait toute l'éternité devant soi. Elle était vêtue de noir — une robe noire, souple et moulante, avec un petit chapeau noir qui encadrait la merveilleuse pâleur crémeuse de son visage.

Il lui étreignit la main en balbutiant stupidement :

— Tu es venue ! Tu es quand même venue !

— Bien sûr.

Que sa voix était calme ! Qu'elle était calme !

— Je pensais que tu ne viendrais pas, dit-il en lui lâchant la main et en respirant fort.

Elle ouvrit les yeux — des yeux immenses, superbement beaux. Et il y lut de la surprise, un étonnement d'enfant.

— Pourquoi ?

Il ne répondit pas. Se tournant de l'autre côté, il héla un porteur qui passait. Ils n'avaient pas beaucoup de temps. Les minutes qui suivirent ne furent que bousculade et confusion. Enfin, ils se retrouvèrent dans leur compartiment réservé, et la grisaille du sud de Londres défilait à la fenêtre.

Théodora Darrell était assise en face de lui. Enfin elle était sienne ! Il comprenait à présent à quel point il avait été incrédule, jusqu'à la toute dernière minute. C'est qu'il n'osait pas y croire ! Ce côté magique, insaisissable qui la caractérisait l'effrayait. Il lui semblait impossible qu'elle lui appartînt jamais.

Maintenant, le suspense était terminé. Le pas décisif avait été franchi. Il la regarda. Elle était appuyée dans le coin, immobile. Sur ses lèvres flottait encore un souvenir de sourire. Ses yeux étaient baissés, ses longs cils noirs balayaient la courbe laiteuse de sa joue.

« Qu'a-t-elle en tête en ce moment ? se demanda-t-il. A quoi pense-t-elle ? A moi ? A son mari ? Et, au fait, que pense-t-elle de lui ? L'a-t-elle aimé, jadis ? N'a-t-elle jamais rien éprouvé pour lui ? Lui inspire-t-il de la haine, ou seulement de l'indifférence ? » Tout à coup, une pensée le traversa, plus douloureuse : « Je ne sais rien. Je ne saurai jamais rien. Je l'aime — et je ne sais rien d'elle. Ni ce qu'elle pense, ni ce qu'elle ressent. »

Son esprit se rabattit sur le mari de Théodora Darrell. Il connaissait des quantités de femmes mariées qui ne se montraient que trop heureuses de parler de leurs maris : ils ne les comprenaient pas, ne se souciaient guère de leur affectivité pourtant tellement plus raffinée... Il songea avec cynisme que c'était l'une des façons les plus courantes d'engager la conversation.

Mais Théo, elle, ne parlait jamais de son mari qu'en termes vagues. Easton ne savait de lui que ce que tout le monde en savait : qu'il était populaire, fort bel homme, direct, d'un contact agréable. Que tout le monde l'aimait. Et que sa femme paraissait s'entendre à merveille avec lui. « Cela ne prouve rien, songea Vincent. Théo est bien élevé, jamais elle ne laisserait deviner ses griefs en public. »

A lui non plus, elle n'avait jamais rien révélé. Depuis le soir de leur deuxième rencontre, ce soir où ils s'étaient promenés en silence dans le jardin, côte à côte — leurs épaules se frôlaient et il sentait l'imperceptible tressaillement qui la saisissait à son contact —, il n'y avait jamais eu d'explication. Leur situation n'avait pas été définie. Elle lui rendait ses baisers, muette et tremblante, dépouillée de cet éclat dur qui, avec sa beauté d'ivoire et de rose, avait contribué à la rendre célèbre. Pas une seule fois elle n'avait évoqué son mari. Au début, Vincent lui en avait été reconnaissant, heureux que lui soient épargnés les discours que prononcent les femmes pour se persuader elles-mêmes ainsi que leurs amants qu'elles ont raison de céder à leur amour.

Mais maintenant, cette tacite conspiration du silence commençait à l'inquiéter. Une fois de plus, la panique l'envahit : il ne savait rien de cette créature étrange qui liait de son plein gré sa destinée à la sienne. Il avait peur.

Mû par un besoin subit de se rassurer, il se pencha en avant et posa la main sur son genou vêtu de noir. De nouveau, il la sentit tressaillir légèrement. Il tendit le bras pour lui prendre la main, puis, se baissant, il posa au creux de sa paume un très long baiser. Il sentit les doigts fins presser les siens. Levant les yeux, il rencontra son regard et se rasséréna.

Il se redressa et s'appuya au dossier de la banquette. Il ne lui en fallait pas davantage pour l'instant. Ils étaient ensemble. Elle était à lui. Et c'est d'un ton léger, presque badin, qu'il lui dit :

— Comme tu es silencieuse !

— C'est vrai ?

— Mais oui. (Il attendit un peu, puis ajouta d'une voix plus grave :) Tu es sûre que... tu ne regrettes pas ?

Elle écarquilla les yeux.

— Oh ! absolument pas !

Il ne douta pas de cette réponse aux accents si sincères.

— A quoi penses-tu ? J'aimerais savoir.

— Je crois que j'ai peur, répondit-elle plus bas.

— Peur ?

— Du bonheur.

Allant s'asseoir auprès d'elle, il la prit dans ses bras et embrassa le velours de son visage et de son cou.

— Je t'aime, dit-il. Je t'aime, je t'aime !

En guise de réponse, elle se serra contre lui, lui abandonna ses lèvres.

Il retourna ensuite à son siège. Il prit un magazine, elle en fit autant. De temps à autre, leurs yeux se croisaient par-dessus leurs revues. Et ils souriaient.

Ils arrivèrent à Douvres peu après 5 heures. Ils devaient y passer la nuit et traverser la Manche le lendemain. A l'hôtel, Théo pénétra dans leur petit salon, suivie de près par Vincent. Celui-ci avait à la main quelques journaux du soir qu'il jeta sur la table. Deux domestiques de l'hôtel apportèrent leurs bagages dans la chambre et se retirèrent.

Théo se détourna de la fenêtre devant laquelle elle s'était arrêtée — et, l'instant d'après, ils étaient dans les bras l'un de l'autre.

On frappa discrètement à la porte. Ils se séparèrent.

— Bon sang ! dit Vincent. Nous ne serons donc jamais seuls !

— En effet, murmura Théo avec un sourire en s'asseyant sur le sofa et en prenant un journal au hasard.

C'était un domestique qui apportait le thé. Il posa son plateau sur la table qu'il approcha ensuite du sofa. Puis, après un coup d'œil professionnel tout autour de la pièce, il s'assura qu'on ne désirait plus rien et se retira.

Vincent, qui était passé dans la chambre voisine, revint dans le petit salon.

— Une bonne petite tasse de thé ! s'écria-t-il gaiement. (Puis, se figeant au milieu de la pièce :) Qu'est-ce qui ne va pas ?

Théo se tenait toute droite sur le sofa, raidie, le regard fixé dans le vague, droit devant elle, le visage exsangue. Vincent s'empressa :

— Qu'y a-t-il, mon cœur ?

Pour toute réponse, elle lui tendit le journal et lui indiqua la manchette.

Vincent lui prit le journal des mains.

« HOBSON, JEKYLL & LUCAS EN FAILLITE », lut-il.

Sur l'instant, le nom de cette grande société londonienne ne lui évoqua rien de précis. Il aurait cependant dû signifier quelque chose pour lui, il en était certain et cela l'irritait. Il adressa à Théo un regard interrogateur.

— Hobson, Jekyll & Lucas, c'est Richard, expliqua-t-elle.

— Ton mari ?

— Oui.

Vincent reprit le journal et lut attentivement les informations qui y étaient exposées sèchement. Des formules telles que « banqueroute soudaine », « graves révélations à prévoir », « autres firmes éclaboussées » lui sautèrent aux yeux.

Un mouvement dans la pièce lui fit lever les yeux. Théo était occupée à ajuster son petit chapeau noir devant le miroir. Au geste qu'il fit, elle se tourna vers lui et le regarda droit dans les yeux.

— Vincent..., il faut que je retourne auprès de Richard.

Il sursauta.

— Théo ! Ne sois pas absurde.

Elle répéta, comme un automate :

— Il faut que je retourne auprès de Richard.

— Mais, ma chérie...

Elle montra le journal qui était tombé par terre :

— Cela signifie la ruine... l'effondrement. Je ne peux pas choisir un jour pareil pour le quitter.

— Tu l'avais quitté avant d'apprendre tout cela. Sois raisonnable !

Elle secoua la tête d'un air désolé.

— Tu ne comprends pas. Il faut que je retourne auprès de Richard !

Il ne parvint pas à la faire revenir sur cette décision. Quelle chose étrange qu'une créature aussi douce et souple puisse se montrer aussi inflexible ! Après les quelques premières phrases, elle cessa de discuter. Elle le laissa dire en toute liberté ce qu'il avait à dire. Il la prit dans ses bras dans l'espoir de briser sa volonté par le pouvoir des sens. Mais, quoique sa tendre bouche répondît à ses baisers, il demeurait tout au fond d'elle une force qu'il sentait distante et invincible, capable de résister à tous ses arguments.

Finalement, il la laissa, écœuré et las de ses vains efforts. De suppliant qu'il était d'abord, il devint amer et lui reprocha de ne jamais l'avoir aimé. Cela aussi, elle le reçut sans protester — mais tout son visage, muet et pitoyable, démentait ce dont il l'accusait. A la fin, la rage s'empara de lui : il lui lança les paroles les plus cruelles qui lui vinrent à l'esprit, ne cherchant plus qu'à la meurtrir, qu'à la traîner sur les genoux.

Puis les mots lui firent défaut. Il n'y avait plus rien à dire. Assis, la tête entre les mains, il fixait le tapis de laine rouge. Théodora se tenait près de la porte, ombre noire au visage blanc.

C'était fini.

Elle dit doucement :

— Au revoir, Vincent.

Il ne répondit pas.

La porte s'ouvrit. Se referma.

Les Darrell vivaient à Chelsea, dans une mystérieuse maison du temps jadis, plantée au milieu d'un petit jardin particulier. Devant la maison poussait un magnolia — noirci, sali, souillé —, mais un magnolia tout de même.

En arrivant, quelque trois heures plus tard, Théo s'arrêta un instant sur le seuil de la maison pour contempler l'arbre en fleur. Un sourire douloureux lui déforma fugitivement la bouche.

Elle se rendit immédiatement au bureau, à l'arrière de la maison. Un homme y faisait les cent pas : jeune encore, beau, mais les traits décomposés.

Quand elle entra, il poussa une exclamation de soulagement.

— Dieu merci, te voilà, Théo ! On m'avait dit que tu avais pris une valise et que tu t'en étais allée quelque part en dehors de Londres.

— J'ai appris la nouvelle et je suis revenue.

Richard Darrell lui posa le bras autour des épaules et l'entraîna vers un divan où ils prirent place côte à côte. Théo se dégagea du bras qui l'entourait — d'une façon qui pouvait paraître parfaitement naturelle.

— Est-ce très grave, Richard ? demanda-t-elle posément.

— Ce ne pourrait pas l'être davantage. Ce qui n'est pas peu dire.

— Explique-moi.

Il se remit à arpenter la pièce tout en parlant. Immobile, Théo l'observait. Il ne devait pas savoir que, sans cesse, la pièce disparaissait à ses yeux, que sa voix s'éloignait, tandis qu'elle revoyait en toute clarté une autre pièce — une chambre d'hôtel, à Douvres.

Elle parvint néanmoins à écouter avec suffisamment d'attention. Il revint s'asseoir auprès d'elle sur le divan.

— Heureusement, conclut-il, ils ne peuvent pas toucher à ta dot. Et la maison t'appartient également.

Théo hocha la tête, pensive.

— Il nous restera au moins cela, dit-elle. Dans ce cas, ce ne sera pas trop grave. Un nouveau départ, voilà tout.

— Oh ! oui. En effet.

Mais la voix de Richard rendait un son faux. Et Théo songea subitement : « Il y a autre chose. Il ne m'a pas tout dit. »

— C'est bien tout, Richard ? demanda-t-elle doucement. Tu n'as rien de plus grave à m'apprendre ?

Il hésita une demi-seconde avant de répliquer :

— Pourquoi voudrais-tu qu'il y ait autre chose ?

— Je ne sais pas.

— Tout ira bien, dit Richard, comme s'il cherchait à se rassurer lui-même plutôt qu'à rassurer sa femme. Tout ira très bien. (Tout à coup, il la prit dans ses bras.) Je suis content que tu sois là. Tout ira bien, maintenant que tu es là. Quoi qu'il arrive, je t'ai, n'est-ce pas ?

— Oui, répéta-t-elle avec douceur. Tu m'as.

Cette fois, elle laissa son bras reposer sur ses épaules.

Il l'embrassa, la serra contre lui, comme si son contact lui conférait quelque étrange réconfort.

— Je t'ai, toi, dit-il de nouveau.

Et, comme précédemment, elle répondit :

— Oui, Richard.

Il se laissa glisser du divan sur le sol, aux pieds de Théo.

— Je suis vanné, dit-il d'un ton maussade. Mon Dieu, quelle journée ! Atroce ! Je ne sais vraiment pas ce que je ferais si tu n'étais pas là. Après tout, on n'a qu'une femme, pas vrai ?

Elle se borna à acquiescer d'un geste, sans dire un mot.

Il posa la tête sur ses genoux. Le soupir qu'il laissa échapper était celui d'un enfant fatigué.

Pour la deuxième fois, Théo songea : « Il me cache quelque chose. De quoi s'agit-il ? »

D'un geste mécanique, sa main descendit vers la tête sombre qui reposait sur ses genoux, et elle se mit à la caresser gentiment, comme le fait une mère pour consoler son enfant.

Richard murmura indistinctement :

— Tout ira bien, maintenant que tu es là. Tu ne me laisseras pas tomber.

Sa respiration se fit lente et régulière. Il s'était endormi. La main de Théo continuait à lui caresser la tête.

Mais les yeux de Théo regardaient droit devant eux, fixes, plongés dans les ténèbres, pareils à un regard d'aveugle.

— Richard, dit Théodora, tu ne crois pas que tu ferais mieux de tout me raconter ?

C'était trois jours plus tard. Ils se trouvaient au salon, en fin d'après-midi.

Richard sursauta et rougit.

— Je ne vois pas de quoi tu veux parler.

— Vraiment ?

Il lui lança un rapide coup d'œil.

— Il y a bien sûr quelques... quelques détails, disons.

— Ne penses-tu pas qu'il vaut mieux que je sois au courant de tout, pour pouvoir t'aider ?

Il lui adressa un regard étrange.

— Qu'est-ce qui te fait croire que j'ai besoin de ton aide ?

— Mon cher Richard, je suis ta femme, répondit-elle, un peu surprise.

Il sourit — de son bon sourire de toujours, séduisant, insouciant.

— C'est vrai, Théo. Et ravissante, de surcroît. Je n'ai jamais pu supporter les femmes laides.

Il commença à marcher de long en large, comme il en avait l'habitude lorsque quelque chose le préoccupait.

— En un sens, tu as raison, je ne le nie pas. Il y a quelque chose. Et...

Il s'interrompit.

— Eh bien ?

— Il est tellement difficile d'expliquer ces choses-là aux femmes ! Elles comprennent tout de travers et s'imaginent que les faits sont... ce qu'ils ne sont pas.

Théo ne dit rien.

— Tu comprends, poursuivait Richard, la légalité est une chose, le bien et le mal en sont une autre. Il arrive qu'on fasse une chose parfaitement juste, parfaitement honnête, mais que la loi ne l'envisage pas sous le même angle. Neuf fois sur dix, tout se passe sans anicroche. Et la dixième fois..., on tombe sur un bec.

Théo commençait à comprendre. Elle songea en son for intérieur : « Comment se fait-il que je ne sois pas étonnée ? L'ai-je toujours su, au fond de moi-même, qu'il n'était pas régulier ? »

Richard parlait toujours, se perdant dans des explications inutilement longues. Théo n'était pas mécontente qu'il masque les détails véritables de l'affaire sous ce manteau de verbosité. Il s'agissait de vastes étendues de terrains en Afrique du Sud. Elle ne tenait pas à savoir avec précision ce que Richard avait fait. Moralement, prétendait-il, tout était droit et irréprochable. Légalement... là, il y avait un petit problème. Enfin, il n'y avait pas à sortir de là : il s'était exposé à des poursuites criminelles.

Tout en parlant, Richard ne cessait de lancer vers

sa femme des regards nerveux, mal à l'aise. Il s'embrouillait de plus en plus dans ses explications, s'entêtait à dissimuler ce qu'un enfant eût pu voir dans sa vérité la plus nue. Puis, au milieu de ses efforts pour se disculper, il s'effondra. Peut-être en partie à cause du regard de Théo dans lequel était passé un éclair de mépris. Il se laissa tomber dans un fauteuil, à côté de la cheminée, et se prit la tête dans les mains.

— Voilà, Théo, dit-il d'une voix brisée. Que vas-tu faire, à présent ?

Elle vint à lui après un infime moment d'hésitation et, s'agenouillant auprès de son siège, elle posa son visage sur ses genoux.

— Qu'y a-t-il moyen de faire, Richard ? Que pouvons-nous faire ?

Il l'étreignit.

— C'est bien vrai ? Tu restes avec moi ?

— Bien sûr. Bien sûr, mon ami.

Acculé presque malgré lui à la sincérité, il s'écria :

— Je suis un voleur, Théo ! Voilà ce que cela veut dire, en langage clair. Je ne suis qu'un voleur.

— Dans ce cas, je suis la femme d'un voleur, Richard. Nous sombrerons ensemble ou nous surnagerons ensemble.

Ils gardèrent le silence pendant quelques instants. Puis il retrouva un peu de sa suffisance.

— Tu sais, Théo, j'ai un plan. Mais nous en parlerons plus tard. Il est presque l'heure du dîner. Il faut que nous allions nous changer. Mets ce truc crème que tu as, tu sais bien, ton modèle Caillot.

Théo leva des sourcils interrogateurs.

— Pour une simple soirée à la maison ?

— Oui, oui, je sais. Mais je l'aime bien. Mets cette robe-là, sois gentille. Cela me remontera le moral de te voir dans toute ta splendeur.

Théo descendit dîner dans son modèle Caillot.

C'était une création réalisée dans un brocart crème, avec un léger fil d'or et une discrète touche rose pâle pour raviver le ton crème. La robe était extrêmement échancrée dans le dos. On n'eût pas pu rêver mieux pour faire ressortir l'éclatante blancheur des épaules et de la nuque de Théo. Plus que jamais, elle était une véritable fleur de magnolia.

Le regard de Richard l'enveloppa, chaudement approbateur.

— Très bien ! Tu sais, tu es éblouissante, avec cette robe.

Ils passèrent à table. Toute la soirée, Richard se montra nerveux, peu naturel, plaisantant et riant à tout propos, comme cherchant désespérément à chasser ses soucis. A plus d'une reprise, Théo voulut le faire revenir à la conversation qu'ils avaient engagée précédemment, mais il s'y refusa à chaque fois.

Et puis, au moment où elle se levait pour aller se coucher, il dit tout à coup :

— Non, ne t'en va pas encore. J'ai quelque chose à te dire. Tu sais, à propos de cette triste histoire.

Elle se rassit.

Il se mit à parler à toute vitesse : avec un peu de chance, ils arriveraient peut-être à étouffer l'affaire ; il avait relativement bien assuré ses arrières ; pourvu que certains papiers ne tombent pas entre les mains du liquidateur...

Il s'interrompit d'un air entendu.

— Des papiers ? répéta Théo, perplexe. Tu veux dire que tu vas les détruire ?

Richard grimaça.

— Je les détruirais sur-le-champ s'ils se trouvaient en ma possession. C'est là que le bât blesse !

— Et qui les détient ?

— Un homme que nous connaissons tous les deux. Vincent Easton.

Une exclamation à peine perceptible échappa à

Théo. Elle se reprit aussitôt, mais Richard avait remarqué sa réaction.

— Il y a longtemps que je le soupçonne d'être au courant de pas mal de choses. C'est pourquoi je l'ai invité ici. Tu te rappelles peut-être que je t'ai demandé d'être gentille avec lui ?

— Je me rappelle.

— Je ne sais pourquoi, je ne suis jamais parvenu à me lier d'amitié avec lui. Mais toi, par contre, il t'aime bien. Je dirais même qu'il t'apprécie beaucoup.

— C'est exact, dit Théo d'une voix claire.

— Ah ! dit Richard, satisfait. Parfait. Je suppose que tu vois où je veux en venir. Je suis convaincu que si tu allais trouver Vincent Easton pour lui demander de te remettre ces papiers, il ne refuserait pas. Les jolies femmes, tu sais, ça obtient beaucoup de choses...

— Je ne peux pas faire cela, coupa précipitamment Théo.

— Pourquoi pas ?

— C'est hors de question.

Le rouge montait aux joues de Richard, par plaques. Elle sentait la colère gronder en lui.

— Ma petite, je crois que tu ne comprends pas exactement où en est la situation. Si tout cela sort au grand jour, je suis passible de prison. C'est la ruine. Le déshonneur.

— Vincent Easton ne fera pas usage de ces papiers contre toi. J'en suis sûre et certaine.

— Là n'est pas la question. Il se peut qu'il ne se rende même pas compte qu'ils m'incriminent. Ce n'est que par rapport à... à mes affaires... à certains chiffres qu'ils ne manqueront pas de découvrir. Oh ! je ne peux pas te donner tous les détails. Il risque de provoquer ma ruine sans le savoir, à moins que quelqu'un ne lui expose les faits.

— Tu peux certainement lui demander cela toi-même. Ecris-lui.

— Bravo pour cette brillante suggestion ! Non, Théo, non. Nous n'avons qu'un seul espoir. Tu es mon seul atout. Tu es ma femme. Tu dois m'aider. Va trouver Easton ce soir même.

Théo poussa un cri.

— Pas ce soir ! Demain, peut-être.

— Bon sang, Théo, vas-tu enfin comprendre ! Demain, il sera peut-être trop tard. Il faudrait que tu partes maintenant. Tout de suite.

La voyant défaillir, il tenta de la rassurer.

— Je sais, ma chérie. C'est terriblement désagréable à faire. Mais c'est une question de vie ou de mort. Théo, tu ne vas pas me lâcher ? Tu m'as dit que tu ferais n'importe quoi pour me venir en aide.

Théo s'entendit répondre d'une voix dure, sèche :

— Pas cela. Il y a des raisons.

— C'est une question de vie ou de mort, Théo. Je pense ce que je dis. Regarde.

Il ouvrit brutalement un tiroir de son bureau et y prit un revolver. Elle ne remarqua pas ce que ce geste avait de théâtral.

— De deux choses l'une : tu y vas ou je me tue. Je suis incapable d'affronter le scandale. Si tu ne fais pas ce que je te demande de faire, je serai un homme mort avant demain matin. Je te jure solennellement que c'est la vérité.

— Non, Richard ! Pas cela !

— Alors, aide-moi.

Jetant le revolver sur la table, il s'agenouilla à ses côtés.

— Théo, ma chérie... Si tu m'aimes... Si tu m'as jamais aimé... Fais cela pour moi. Tu es ma femme, Théo. Je n'ai personne d'autre vers qui me tourner...

Finalement, Théo s'entendit répondre :

— Très bien. J'y vais.

Richard l'accompagna jusqu'à la porte et la mit dans un taxi.

— Théo !

Vincent Easton sursauta, ne pouvant croire à son bonheur. Elle était là, dans l'embrasure de la porte, son étole d'hermine blanche drapée sur les épaules. Vincent Easton ne l'avait jamais vue aussi belle.

— Alors, tu es quand même venue !

Il se précipitait vers elle — mais elle l'arrêta du geste.

— Non, Vincent. Ce n'est pas ce que tu penses. (Elle parlait d'une voix rauque, précipitée.) Je viens ici de la part de mon mari. Il croit savoir que tu possèdes certains documents susceptibles de lui... faire du tort. Je te demande de me les remettre.

Vincent demeura immobile, les yeux fixés sur elle. Puis il émit un petit rire bref.

— C'est donc cela ! Il y a un bon moment, déjà, que cela va mal pour Hobson, Jekyll & Lucas. J'ai été chargé d'enquêter sur l'affaire. A vrai dire, je soupçonnais un sous-fifre quelconque. Je n'avais pas songé à regarder du côté de la tête.

Théo resta muette. Vincent la regarda avec curiosité.

— Pour toi, cela ne fait aucune différence ? demanda-t-il. Le fait que ton mari soit... un escroc, pour parler en termes clairs ?

Elle secoua la tête.

— Cela me dépasse, dit Vincent. (Puis il se hâta d'ajouter :) Attends deux minutes, je vais chercher les papiers.

Théo s'assit. Il passa dans la pièce voisine, puis revint et lui présenta un petit paquet.

— Merci, dit Théo. Tu as une allumette ?

Prenant les allumettes qu'il lui offrait, elle s'accroupit devant la cheminée. Quand les papiers furent réduits à un tas de cendres, elle se releva.

— Merci, dit-elle de nouveau.

— Il n'y a pas de quoi, répondit-il d'un ton compassé. Je vais t'appeler un taxi.

Il l'aida à monter en voiture, regarda le taxi s'éloigner. Quelle étrange entrevue, étrange et conventionnelle... Le premier instant passé, ils n'avaient même pas osé se dévisager. C'en était fait. C'était terminé. Il s'en irait, très loin, et s'efforcerait d'oublier.

Passant la tête par la fenêtre, Théo s'adressa au chauffeur de taxi. Elle se sentait incapable de retourner directement à la maison, à Chelsea. Il fallait qu'elle respire le grand air. Le fait de revoir Vincent l'avait bouleversée. Si seulement... si seulement... Mais non. Elle se ressaisit. Si elle n'éprouvait aucun amour pour son mari, elle se devait néanmoins d'agir correctement à son égard. Il avait des difficultés, il fallait qu'elle l'épaule. En dépit de tout ce qu'il avait pu faire par ailleurs, il l'aimait. Le forfait qu'il avait commis était un crime contre la société. Pas contre elle.

Le taxi suivait les larges méandres des rues de Hampstead. Il déboucha bientôt dans le Heath et une bouffée d'air frais, revigorant, frappa Théo au visage. Elle se sentait de nouveau maîtresse d'elle-même, à présent. Le taxi reprit à vive allure le chemin de Chelsea.

Richard sortit dans le hall, à sa rencontre.

— Eh bien ! dit-il, cela a duré longtemps !

— Vraiment ?

— Mais oui, très longtemps. C'est... c'est arrangé ?

Il lui emboîta le pas, les mains tremblantes et le front sournois.

— Alors, c'est... en ordre ? insista-t-il.

— Je les ai brûlés de mes propres mains.

— Oh !

Elle entra dans le bureau, s'effondra dans un fauteuil. Son visage était livide et son corps, recru de fatigue. « Si seulement je pouvais m'endormir et ne plus jamais, jamais me réveiller ! » se dit-elle.

Richard l'observait. Son regard, gêné et furtif, ne cessait d'aller et venir. Elle ne remarquait rien. Elle n'était plus à même de remarquer quoi que ce fût.

— Donc, tout s'est bien passé, hein ?

— Je viens de te le dire.

— Tu es sûre que c'étaient bien les documents en question ? Tu as regardé ?

— Non.

— Mais dans ce cas...

— Je te dis que j'en suis certaine. Ne me harcèle pas, Richard. Je suis à bout de forces.

— Oui, oui, je m'en rends compte, dit Richard en remuant nerveusement.

Il ne tenait pas en place. Au bout d'un moment, il s'approcha d'elle, lui posa la main sur l'épaule. Elle se dégagea.

— Ne me touche pas. (Puis, s'efforçant de rire :) Excuse-moi, Richard. J'ai les nerfs à fleur de peau. Je ne supporte pas le moindre contact.

— Je vois. Je comprends.

Et il se remit à arpenter la pièce.

— Théo, dit-il brusquement, je te demande pardon.

— Quoi ? dit-elle, levant les yeux d'un air vaguement surpris.

— Je n'aurais pas dû te laisser aller là-bas à cette heure de la nuit. Je n'imaginais pas que tu aurais à subir des... désagréments.

— Des désagréments ? (Elle éclata de rire. Le mot paraissait l'amuser.) Tu ne peux pas savoir ! Oh ! Richard, tu ne peux pas savoir !

— Je ne peux pas savoir quoi ?

Elle répondit très gravement, en regardant droit devant elle :

— Ce que cette soirée m'a coûté.

— Mon Dieu ! Théo !... Je n'aurais jamais pensé...

Tu... tu as fait cela, pour moi ? Le porc ! Théo... Théo... Je ne pouvais pas savoir... Je ne pouvais pas deviner... Mon Dieu !

Il s'était agenouillé devant elle, balbutiant, l'entourant de ses bras. Elle finit par se tourner vers lui et le considéra avec un peu de surprise, comme si ses paroles venaient seulement de pénétrer jusqu'à sa conscience.

— Je... je n'avais pas l'intention...

— L'intention de faire quoi, Richard ? (Son intonation le fit sursauter.) Dis-moi. Quelle est cette intention que tu n'as pas eue ?

— Théo, n'en parlons pas. Je ne veux pas savoir. Je ne veux plus jamais y penser.

Elle le regardait en face, à présent, tout à fait réveillée et maîtresse de toutes ses facultés. Et c'est d'une voix claire et distincte qu'elle poursuivit :

— Tu n'as pas eu l'intention de... Mais que crois-tu qu'il soit arrivé ?

— Ce n'est pas arrivé, Théo. Disons que ce n'est pas arrivé.

Elle scrutait toujours son visage, et la vérité finit par lui apparaître.

— Tu penses que ?...

— Je préfère ne...

Elle l'interrompit :

— Tu te dis que Vincent Easton ne m'a pas donné ces lettres pour rien ? Tu te dis que je l'ai payé le prix qu'il souhaitait ?

— Je... Jamais je n'aurais cru qu'il était homme à faire cela, dit faiblement Richard, sans aucune conviction.

— Vraiment, tu ne l'aurais jamais cru ?

Elle plongea dans ses yeux un regard inquisiteur qu'il ne put soutenir. Il baissa les yeux.

— Pourquoi m'as-tu demandé de mettre cette

robe, ce soir ? Pourquoi m'as-tu envoyée chez lui toute seule, à une heure aussi tardive ? Tu avais deviné qu'il... était attiré par moi. Tu as voulu sauver ta peau. La sauver à n'importe quel prix. Fût-ce au prix de mon honneur. (Elle se leva.) Je comprends, à présent. Tu as pensé à cela depuis le début. Ou, du moins, tu as entrevu cette possibilité et cela ne t'a pas fait hésiter.

— Théo !

— Tu ne peux pas dire le contraire, Richard. Voilà des années que je croyais savoir presque tout ce qu'il y a à savoir à ton sujet. J'avais très vite compris que tu n'étais pas droit vis-à-vis du monde. Mais je m'imaginais que tu étais correct envers moi.

— Théo...

— Peux-tu contester tout ce que je viens de dire ?

Il demeura muet.

— Ecoute-moi, Richard. J'ai quelque chose à te dire. Il y a trois jours, quand cette affaire a éclaté, les domestiques t'ont dit que j'étais partie. Que j'avais quitté la ville. Ce n'était que la moitié de la vérité. J'étais partie avec Vincent Easton.

Richard émit un son inarticulé. Elle leva la main pour l'interrompre.

— Attends. Nous nous trouvions à Douvres. J'ai vu un journal, j'ai compris ce qui s'était passé. Et, comme tu le sais, je suis revenue.

Elle se tut.

Richard la saisit par le poignet et, la transperçant d'un regard enflammé :

— Tu es revenue... à temps ?

Elle fit entendre un bref éclat de rire amer.

— Oui, je suis revenue « à temps », comme tu dis, Richard.

Il lâcha son bras. Puis, debout près de la cheminée, il rejeta la tête en arrière, en une attitude assez belle — presque noble.

— En ce cas, dit-il, je peux te pardonner.

— Pas moi.

Ces deux mots claquèrent comme deux coups de fouet. Dans le silence de la pièce, ils produisirent l'effet d'une bombe. Richard fit un pas en avant, l'œil fixe, la bouche ouverte, l'air presque comique.

— Tu... euh !... Qu'as-tu dit, Théo ?

— J'ai dit que moi, je ne pouvais pas pardonner. En te quittant pour un autre homme, j'ai mal agi — pas de manière effective, sans doute, mais en intention, ce qui revient au même. Mais si j'ai fauté, au moins était-ce par amour. Toi non plus, tu ne m'as pas toujours été fidèle, depuis que nous sommes mariés. Si, si, je le sais bien. J'ai toujours pardonné parce que je croyais réellement à ton amour pour moi. Mais ce que tu as fait ce soir, c'est tout autre chose. C'est une ignoble action, Richard, qu'aucune femme ne devrait jamais pardonner. Tu m'as vendue, moi, ta propre femme, en échange de ta sécurité !

Elle empoigna son étole et se dirigea vers la porte.

— Théo, articula-t-il, où vas-tu ?

Elle le regarda par-dessus son épaule.

— Dans la vie, Richard, nous devons tous payer. Pour prix de ma faute, je suis condamnée à la solitude. Pour la tienne..., eh bien ! tu as joué la femme que tu aimes — et tu as perdu.

— Tu t'en vas ?

Elle respira profondément.

— Vers la liberté. Rien ne me retient ici.

Il entendit la porte se fermer. Des siècles s'écoulèrent... ou n'était-ce que quelques minutes ? Quelque chose voleta derrière la fenêtre. Le dernier pétale de magnolia. Doux, parfumé...

(Traduction de Dominique Mols)

JANE CHERCHE UNE SITUATION
(Jane in search of a job)

Jane Cleveland feuilleta les pages du *Daily Leader* et soupira profondément. Elle jeta un regard de dégoût au guéridon de marbre, à l'œuf poché, au toast et au petit pot de thé. Non qu'elle fût sans appétit. Elle mourait de faim et se sentait de taille à avaler une livre et demie de bifteck avec des pommes de terre frites et des haricots verts. Le tout arrosé d'une boisson plus enivrante que du thé.

Mais les jeunes personnes dont les finances sont au plus bas n'ont pas le choix. Jane s'estimait heureuse de pouvoir s'offrir un œuf poché. Le pourrait-elle encore demain ? C'était bien improbable...

Elle reporta de nouveau son attention sur la page des petites annonces du *Daily Leader*. Jane était sans emploi et sa situation devenait embarrassante. Déjà, l'aimable dame qui présidait aux destinées de l'humble pension de famille où elle avait élu domicile commençait à la regarder de travers.

« Et pourtant, se dit-elle, avançant le menton d'un air indigné — ce qui était une habitude chez elle —, je suis intelligente, jolie et bien élevée. Que veut-on de plus ? »

A en croire le journal, on désirait surtout des dactylos de grande expérience, des directeurs commerciaux disposant de capitaux, des dames désireuses de partager les bénéfices produits par l'élevage de volailles (moyennant également un certain capital) et d'innombrables cuisinières, bonnes à tout faire et femmes de chambre.

« Je ne verrais aucun inconvénient à devenir femme de chambre. Mais, là encore, on ne m'acceptera pas sans expérience. Quant aux jeunes-filles-de-bonne-volonté, on ne les paye pas ! »

Elle poussa un nouveau soupir, abandonna le journal et attaqua son œuf avec toute la vigueur de la saine jeunesse.

La dernière bouchée avalée, elle reprit le *Daily Leader* et se plongea dans la colonne réservée aux messages de détresse.

Deux mille livres, et tout aurait été si simple ! Elle trouva au moins sept occasions exceptionnelles assurant chacune au moins trois mille livres par an de revenu.

« Si je les avais, je ne m'en déferais pas facilement », songea la jeune fille.

Avec la rapidité due à une longue pratique, elle parcourut la colonne du haut en bas.

Les propositions les plus surprenantes de vente et d'achat se succédaient. Il y avait le clergyman en détresse, la veuve méritante, l'officier invalide qui, tous, avaient le plus urgent besoin de sommes variant entre cinquante et deux mille livres.

Brusquement, elle s'immobilisa, reposa sa tasse de thé et relut les quelques lignes qui venaient d'arrêter son attention.

Cette annonce paraissait louche.

« Il faut être prudente. Cependant... »

L'annonce était ainsi conçue :

Si une jeune femme de vingt-cinq à trente ans, yeux bleu foncé, cheveux blond pâle, cils et sourcils noirs, nez droit, mince, 1 m 70, bonne imitatrice, sachant le français, veut se rendre au n° 7, Endersleigh Street, entre 5 et 6 heures, elle apprendra une bonne nouvelle la concernant.

« Gwendolen l'innocente, ou comment les jeunes filles tournent mal, pensait-elle. Il faut se montrer prudente, mais vraiment, que de détails. Je me demande si... Voyons un peu la description : vingt-cinq à trente ans. J'en ai vingt-six. Yeux bleu foncé, ça va. Cheveux blond pâle, cils et sourcils noirs... tout est parfait. Nez droit ? Ou... oui. A peu près. Je suis mince. Je ne mesure qu'un mètre soixante-huit, mais je peux porter des hauts talons. Je suis une bonne imitatrice... je sais contrefaire les voix. Je parle français comme une Française. Bref, je suis parfaite. A ma seule vue, ils vont tomber à la renverse. »

Résolue, elle découpa l'annonce et la mit dans son sac, puis demanda l'addition.

A 5 heures moins 10, elle effectuait une reconnaissance dans les environs d'Endersleigh Street, petite rue parallèle à deux autres, plus grandes, non loin d'Oxford Circus. Triste, mais respectable.

Le numéro 7 ne différait pas des maisons voisines. Il abritait des bureaux. Mais Jane sut aussitôt qu'elle n'était pas seule à avoir les yeux bleus et les cheveux blonds. Une cinquantaine de ses pareilles s'étaient groupées devant la porte.

« Il y a de la concurrence. Je vais prendre la queue. »

Aussitôt dit, aussitôt fait. Trois nouvelles candidates tournaient le coin de la rue et la jeune fille put faire des comparaisons qui n'étaient pas toutes à son désavantage.

« J'ai autant de chances que la plupart. De quoi peut-il s'agir ? De monter une troupe ? »

La file d'attente s'engouffrait à l'intérieur de la maison avec lenteur mais régularité. Puis un flot de jeunes filles à l'air insolent ou déçu se répandit sur le trottoir et se dispersa.

« Evincées ! se réjouit Jane. J'espère que cela va continuer jusqu'à moi. »

Autour d'elle, on consultait des miroirs avec anxiété, on se poudrait le nez, on se rougissait les lèvres.

« J'aurais bien aimé avoir un chapeau plus élégant », songea la jeune fille avec amertume.

Enfin, ce fut son tour. Elle retint sa respiration et poussa une porte vitrée ouvrant sur un bureau qu'on lui fit signe de traverser. Elle se retrouva dans une pièce plus petite, meublée d'une large table derrière laquelle trônait un homme à l'œil vif et à la moustache imposante. Il enveloppa la jeune fille d'un regard rapide et, du doigt, indiqua une porte, à sa gauche.

— Attendez là, s'il vous plaît, dit-il d'un ton sec.

Jane obéit. Cinq jeunes blondes l'avaient précédée. Très droites, elles se lançaient des regards dépourvus d'aménité. Jane comprit qu'elle figurait au nombre des candidates retenues et son espoir crût. Elle fut forcée d'admettre, cependant, qu'aux termes de l'annonce, elles semblaient toutes avoir des chances égales.

L'heure passait. De temps à autre, une nouvelle recrue venait grossir la troupe. A 6 heures et demie elles étaient quatorze.

Il y eut un bruit de voix, puis l'homme à la moustache que Jane avait baptisé « le colonel » s'encadra sur le seuil.

— Mesdemoiselles, je vous verrai l'une après l'autre, dans l'ordre de votre arrivée, déclara-t-il.

Jane, qui était la sixième, dut attendre vingt minutes avant qu'on l'appelât.

Le « colonel » était debout, les mains derrière le dos. Il lui fit subir un interrogatoire rapide, s'assura de sa connaissance du français, la mesura.

— Il est possible, dit-il en français, que vous fassiez l'affaire.

— De quoi s'agit-il ? demanda-t-elle sans détour.

Il haussa les épaules.

— Je ne puis vous le dire. Vous le saurez si l'on vous choisit.

— Tout cela me paraît bien mystérieux. Je ne puis accepter sans savoir à quoi m'en tenir. Cela a-t-il un rapport avec le théâtre ?

— Le théâtre ? Certes non.

— Oh ! fit-elle, stupéfaite.

Il la regarda avec attention.

— Vous me semblez intelligente. Savez-vous être discrète ?

— Je suis très intelligente et remarquablement discrète. Quels seraient les honoraires ?

— Deux mille livres pour quinze jours de travail.

— Oh !

La munificence de la somme lui coupait le souffle.

— J'ai déjà retenu une autre personne. Vous me paraissez de même valeur. Peut-être y en a-t-il d'autres que je n'ai pas encore vues. Cependant, voici quelques instructions. Vous connaissez l'hôtel *Harridge* ?

— Oui.

Qui ne connaissait cette résidence luxueuse, lieu de prédilection des têtes couronnées et de l'aristocratie ? Jane se souvenait d'avoir lu, le matin même, le compte rendu de l'arrivée de la grande-duchesse Pauline d'Ostrova, soucieuse de présider une grande fête de charité au profit des réfugiés russes et qui, bien entendu, était descendue au *Harridge*.

— Très bien. Allez-y. Demandez le comte Streptitch. Faites-lui passer votre carte. Vous en avez une ?

Jane retira un bristol de son sac. Le « colonel » le prit, inscrivit un « p » minuscule dans un angle et le lui rendit.

— Le comte comprendra ainsi que vous venez de ma part. La décision finale dépend de lui et de... quelqu'un d'autre. S'il vous agrée, il vous mettra au courant. Vous restez libre d'accepter ou de refuser sa proposition. Est-ce satisfaisant ?

— Parfaitement.

« Mais je ne vois toujours pas où est le piège », songea la jeune fille en se retrouvant dans la rue. Il y en a certainement un. Il doit s'agir d'une entreprise criminelle ! C'est presque certain !

Ce n'était pas pour lui déplaire. Elle n'avait aucune idée préconçue contre ce genre d'activité. Les journaux, ces jours derniers, avaient relaté en détail les exploits de nombreuses femmes-bandits. Elle avait sérieusement songé à grossir leur rang, si elle échouait ailleurs.

Elle franchit la porte du *Harridge*, le cœur battant. Plus que jamais elle souhaita avoir un chapeau neuf.

Mais elle s'avança bravement vers la réception, tendit sa carte et demanda à parler au comte Streptitch. Elle crut déceler une lueur de curiosité dans le regard de l'employé. Il prit la carte et la remit à un groom auquel il dit quelques mots à voix basse. Celui-ci s'éloigna pour reparaître presque aussitôt et prier Jane de l'accompagner. Ils prirent l'ascenseur, longèrent un couloir et s'arrêtèrent devant une porte que le groom heurta du doigt. L'instant d'après, Jane se trouvait dans une vaste pièce, en face d'un grand homme mince, à la barbe claire. Il tenait entre ses doigts la carte de Jane.

— Miss Cleveland ? dit-il lentement. Je suis le comte Streptitch. (Ses lèvres s'écartèrent sur ses dents blanches, dans une tentative de sourire sans chaleur.) Vous vous êtes présentée, je crois, à la suite de notre annonce ? Ce cher colonel Kranin vous a envoyée ici ?

« C'était donc bien un colonel », se dit-elle, satisfaite. Elle se contenta d'incliner la tête.

— ... Puis-je vous poser quelques questions ?

Il ne lui laissa pas le temps d'ouvrir la bouche et

entreprit un interrogatoire à peu près semblable à celui que lui avait fait subir le colonel Kranin. Ses réponses parurent le satisfaire. Il hocha la tête une ou deux fois.

— ... Je vais vous demander à présent, mademoiselle, de marcher jusqu'à la porte et de revenir lentement.

Elle obéit.

« Peut-être veut-on m'engager comme mannequin ? Mais on ne m'offrirait pas deux mille livres pour cela. Enfin, on verra bien. »

Le comte Streptitch, le sourcil froncé, tapotait la table du bout de ses doigts blancs. Soudain, il alla ouvrir une porte et dit quelques mots à un personnage invisible, dans la chambre voisine. Puis il regagna son siège et une petite femme d'âge moyen pénétra dans la pièce. Elle était grasse, très laide, mais imposante.

— Alors, Anna Michaelovna, qu'en pensez-vous ? demanda le comte.

La nouvelle venue examina Jane sans la saluer, comme elle l'eût fait d'une poupée dans une vitrine.

— Elle peut faire l'affaire, dit-elle enfin. Il n'y a pas beaucoup de ressemblance vraie. Mais la silhouette et la carnation sont bonnes, meilleures que chez les autres. Votre avis, Feodor Alexandrovitch ?

— Je partage le vôtre, Anna Michaelovna.

— Parle-t-elle français ?

— Fort bien.

Jane avait de plus en plus l'impression d'être un meuble.

— Sera-t-elle discrète ? demanda la femme, le front plissé.

Le comte se tourna vers Jane et s'adressa à elle en français :

— La princesse Poporensky demande si vous saurez être discrète ?

— Avant de savoir de quoi il s'agit, je ne puis rien promettre.

— Ce que dit cette petite est très juste, remarqua la princesse. Je la crois plus intelligente que les autres, Feodor Alexandrovitch. Dites-moi, mon enfant, êtes-vous aussi courageuse ?

— Je ne sais pas, répondit Jane, surprise. Je n'aime pas beaucoup la douleur, mais je la supporte.

— Il ne s'agit pas de cela ! Le danger vous fait-il peur ?

— Oh ! s'exclama Jane. Je l'adore !

— Et vous êtes pauvre ? Vous aimeriez gagner beaucoup d'argent ?

— Je ne demande que ça !

Le comte et la princesse échangèrent un coup d'œil. Puis, d'un même mouvement, ils inclinèrent la tête.

— Dois-je exposer la situation, Anna Michaelovna ?

La princesse eut un geste de refus.

— Son Altesse souhaite le faire elle-même.

— C'est inutile... et peu sage.

— C'est elle qui commande. Elle m'a chargée de lui présenter la jeune fille dès que vous en aurez fini avec elle.

Streptitch haussa les épaules. Il était mécontent, c'était visible, mais il s'inclina.

— La princesse Poporensky veut vous présenter à Son Altesse la grande-duchesse Pauline, dit-il à Jane. Ne vous alarmez pas.

Alarmée, Jane ne l'était pas le moins du monde. Elle était ravie à l'idée de voir de près une véritable grande-duchesse. Elle en oubliait son chapeau.

La princesse lui fit signe et elles passèrent dans une sorte d'antichambre. La grosse dame gratta à une porte qu'elle ouvrit après qu'on lui eut crié d'entrer.

— Madame, puis-je vous présenter miss Jane Cleveland ? dit-elle d'un ton solennel.

Une jeune femme, assise dans un vaste fauteuil, se leva d'un bond et s'avança vivement. Elle regarda fixement Jane pendant quelques secondes, puis elle éclata de rire.

— Mais c'est merveilleux, Anna ! s'écria-t-elle. Jamais je n'aurais cru que vous réussiriez aussi bien. Venez. Mettons-nous côte à côte. (Elle s'empara du bras de Jane et l'entraîna devant un haut miroir.) Vous voyez ! s'exclama-t-elle, enthousiasmée. La ressemblance est parfaite !

Jane commençait à comprendre. Elle avait peut-être un an ou deux de plus que la grande-duchesse mais elle avait la même nuance de cheveux, la même silhouette.

La grande-duchesse battit des mains. C'était, semblait-il, une jeune femme de caractère aimable.

— C'est parfait. Vous pouvez féliciter Feodor Alexandrovitch de ma part, Anna. Il a bien travaillé.

— Cette jeune fille ne sait pas encore de quoi il s'agit, madame, murmura la princesse.

— C'est vrai, remarqua la grande-duchesse, retrouvant son calme. J'oubliais. Bon. Je vais le lui expliquer. Laissez-nous, Anna Michaelovna.

— Mais, madame...

— J'ai dit : laissez-nous !

Elle frappa du pied, mécontente. Anna Michaelovna quitta la pièce de fort mauvaise grâce. La grande-duchesse s'assit et fit signe à Jane de l'imiter.

— Ces vieilles femmes sont fatigantes ! Mais il faut bien les supporter. Anna Michaelovna vaut mieux que la plupart. A présent, mademoiselle... Ah ! oui, Jane Cleveland. J'aime ce nom. Vous aussi, vous m'êtes sympathique. Je vais vous expliquer. Ce ne sera pas long. Vous connaissez l'histoire d'Ostrova ? Ma famille est pratiquement anéantie, massacrée par les communistes. Je suis la dernière descendante de la lignée. Comme femme, je ne puis prétendre au trône. On devrait donc me laisser en paix. Mais non ! Où que j'aille, on tente de m'assassiner. C'est ridicule n'est-ce pas ? Ces brutes imbibées de vodka n'ont aucun sens de la mesure.

— En effet, dit Jane pour marquer son intérêt.

— Je passe le plus clair de mes jours dans des endroits discrets où je puis prendre des précautions. Mais, de temps à autre, il me faut participer à des cérémonies publiques. Pendant mon séjour ici, par exemple, j'aurai à assumer des fonctions semi-officielles. A Paris aussi, à mon retour. J'ai une propriété en Hongrie... Donc... je ne devrais pas vous dire cela mais votre visage me plaît... Enfin, bref, il est très important que l'on ne m'assassine pas durant les quinze jours qui viennent.

— Mais la police...

— La police ? Oh ! oui, elle est très habile, je crois. Nous aussi, nous avons nos espions. Je puis être prévenue du moment de l'attentat. Mais l'avertissement peut aussi arriver trop tard.

Elle haussa les épaules.

— Je commence à comprendre, dit Jane lentement. Vous voulez me voir prendre votre place ?

— A certaines occasions seulement, protesta la grande-duchesse. J'ai besoin de vous avoir sous la main. Peut-être me faudra-t-il utiliser vos services deux, trois ou quatre fois en quinze jours. Et ce à l'occasion d'apparitions officielles en public. Naturellement, il ne saurait en être question dans la vie privée.

— Evidemment.

— Vous ferez parfaitement l'affaire. Feodor Alexandrovitch a eu une bonne idée avec son annonce, n'est-ce pas ?

— Et si l'on m'assassine ?

122

— C'est un risque à courir, bien sûr. Mais, à en croire nos services de renseignements, on tentera simplement de m'enlever. Pour être honnête... il se peut qu'on jette une bombe.

— Je vois.

Elle essayait d'imiter les façons désinvoltes de Pauline. Elle aurait beaucoup voulu parler de la question d'argent, mais elle ne savait comment s'y prendre. La grande-duchesse la tira d'embarras.

— Vous serez payée, naturellement. Je ne me souviens pas de la somme suggérée par Feodor Alexandrovitch.

— Le colonel Kranin a parlé de deux mille livres.

— C'est cela. Je me le rappelle, à présent. C'est suffisant, j'espère ? Préférez-vous trois mille ?

— Oui, si cela ne fait pas de différence pour vous.

— Vous avez le sens du commerce, remarqua Pauline aimablement. J'aimerais être comme vous. Je ne comprends rien à l'argent. Quand j'en veux, j'en ai, c'est tout.

Simple mais admirable tournure d'esprit.

— ... Et comme vous le dites, il y a du danger. Vous ne pensez pas, j'espère, que je vous laisse ma place par lâcheté ? Pour Ostrova, je dois me marier et avoir au moins deux fils, c'est très important. Ce qui pourra m'arriver après ne compte pas.

— Je comprends.

— Et vous acceptez ?

— Oui, répondit la jeune fille, résolue.

Pauline frappa plusieurs fois dans ses mains. La princesse Poporensky apparut aussitôt.

— Je l'ai mise au courant, Anna. Elle fera tout ce que nous voulons et recevra trois mille livres. Dites à Feodor d'en prendre note. Elle me ressemble beaucoup, n'est-ce pas ? En plus jolie.

La princesse sortit de la pièce et reparut en compagnie du comte Streptitch.

— Nous avons tout arrangé, Feodor Alexandrovitch.

Il s'inclina.

— Saura-t-elle tenir son rôle, je me le demande ? dit-il en regarda Jane.

— Vous allez voir. Vous permettez, madame ?

La grande-duchesse acquiesça avec empressement.

Jane se leva.

— Mais c'est merveilleux, Anna, déclara-t-elle. Jamais je n'aurais cru que vous réussiriez aussi bien. Venez, mettons-nous côte à côte. (Et comme Pauline l'avait fait, tout à l'heure, elle entraîna celle-ci devant la glace.) Vous voyez ! La ressemblance est parfaite !

Paroles, manières, gestes, tout était imité avec art. La princesse hocha la tête et émit un grognement de satisfaction.

— C'est très bien, dit la grande-duchesse. Cela abusera tout le monde. Vous êtes très habile. Je serais incapable d'imiter quelqu'un même pour sauver ma vie. Anna s'occupera des détails avec vous. Emmenez-la dans ma chambre, Anna, et essayez-lui quelques-unes de mes robes.

Elle les congédia gentiment d'un geste et la princesse Poporensky entraîna Jane.

— Voici ce que Son Altesse portera pour inaugurer la vente de charité, expliqua la grosse dame en montrant une audacieuse création noire et blanche. Cette fête aura lieu dans trois jours. Peut-être vous faudra-t-il la remplacer... Nous ne le savons pas encore.

Sur la prière d'Anna, Jane ôta ses vêtements et essaya la robe. Elle lui allait parfaitement.

— C'est fort bien. Un peu long peut-être. Son Altesse est plus grande que vous.

— Le remède est simple. La grande-duchesse ne

porte pas de talons. Je peux mettre le même genre de chaussures qu'elle, mais avec un talon.

Anna Michaelovna lui montra les escarpins que Pauline avait l'habitude de porter avec cette toilette. Jane les étudia pour pouvoir en acheter de semblables.

— Pour bien faire, il vous faudrait avoir une robe de nuance et d'étoffe différentes de celle de la grande-duchesse, dit Anna. Si vous devez prendre sa place à un moment donné, la substitution sera moins apparente.

Jane réfléchit une minute.

— Que diriez-vous d'un ensemble en jersey rouge ? Et peut-être des lunettes sans monture... Cela modifie beaucoup l'aspect du visage.

Ces deux suggestions furent approuvées.

Jane quitta l'hôtel avec cent livres dans son sac, des instructions relatives à ses différents achats et ordre de prendre une chambre à l'hôtel *Blitz*, sous le nom de miss Montresor, de New York.

Le surlendemain, elle reçut la visite du comte Streptitch.

— Quelle transformation ! dit-il en s'inclinant.

Jane lui fit une petite révérence ironique. Ses nouveaux vêtements et sa vie luxueuse lui plaisaient beaucoup.

— Tout cela, c'est très beau, dit-elle en soupirant. Mais votre visite, je pense, signifie que le moment est venu pour moi de me mettre au travail.

— C'est exact. Nous avons reçu des renseignements. On tentera probablement d'enlever Son Altesse à son retour de la vente de charité. Celle-ci a lieu, vous le savez, à Orion House, à une dizaine de kilomètres de Londres. Son Altesse sera forcée de paraître car la comtesse d'Anchester, qui parraine la fête, la connaît personnellement. Mais, pour la suite, j'ai pensé à ceci.

Jane l'écouta avec attention, posa quelques questions et, finalement, déclara avoir parfaitement compris le rôle qu'elle aurait à jouer.

Le lendemain, le soleil brillait de tous ses feux. Comme on ne saurait compter sur la clémence du temps en Angleterre, la vente de charité eut lieu dans les salons d'Orion House, propriété, depuis cinq siècles des comtes d'Anchester. Les lots étaient variés et souvent somptueux. Cent femmes de la haute société avaient eu la charmante idée de donner chacune une perle de leur propre collier. Elles devaient être mises aux enchères. On comptait aussi des attractions de toutes sortes.

Jane arriva de bonne heure. Elle portait une robe rouge et un petit chapeau de même couleur, des chaussures en lézard à hauts talons.

L'apparition de la grande-duchesse Pauline fit sensation. Une petite fille lui offrit des roses. Elle fit un discours charmant et bref. Le comte Streptitch et la princesse Poporensky l'accompagnaient.

Elle avait mis la robe blanche et noire que Jane avait vue et une petite cloche noire ornée d'une aigrette blanche retombant sur la voilette qui lui couvrait à demi le visage. Jane ne put s'empêcher de sourire.

La grande-duchesse visita les étalages divers, procéda à quelques achats, sans se départir de sa grâce. Puis elle se prépara à prendre congé.

Jane entra alors en scène. Elle aborda la princesse Poporensky, la priant de la présenter à la grande-duchesse.

— Oh ! mais parfaitement ! dit Pauline d'une voix claire. Miss Montresor ? Je me souviens de ce nom. C'est une journaliste américaine, je crois. Elle a beaucoup aidé notre cause. Je serais heureuse de lui accorder une interview. Y a-t-il un endroit où l'on ne nous dérangera pas ?

126

On s'empressa de mettre une pièce à la disposition de la grande-duchesse. Le comte Streptitch fut chargé d'y conduire miss Montresor. Sa mission accomplie, il se retira et les deux jeunes filles échangèrent leurs vêtements avec l'aide de la princesse.

Trois minutes plus tard, la grande-duchesse reparaissait, son bouquet de roses à la hauteur de son visage.

Elle adressa, en français, quelques mots d'adieu à lady Anchester et gagna sa voiture qui l'attendait. La princesse Poporensky monta à côté d'elle et l'auto démarra.

— Et voilà, dit Jane. Je me demande comment miss Montresor pourra sortir.

— Personne ne fera attention à elle.

— C'est vrai. J'ai bien tenu mon rôle, n'est-ce pas ?

— Avec beaucoup de finesse, oui.

— Pourquoi le comte n'est-il pas avec nous ?

— Il a été forcé de rester. Il faut veiller sur Son Altesse.

— J'espère que l'on ne jettera pas de bombe. Tiens, pourquoi quitte-t-on la grand-route ?

Dans un crissement de pneus malmenés, la voiture s'engageait sur un chemin de traverse.

Jane protesta auprès du chauffeur qui se contenta de rire et d'accélérer.

— Vos espions avaient raison, dit-elle. Enfin, plus longtemps nous tiendrons, mieux cela vaudra pour la grande-duchesse. Laissons-lui le temps de regagner Londres.

La perspective du danger ravissait la jeune fille. L'idée d'une bombe ne l'avait nullement enthousiasmée, mais ce genre d'aventure plaisait à son esprit sportif.

Brusquement, la voiture s'arrêta. Un homme sauta sur le marchepied. Il tenait un revolver à la main.

— Haut les mains !

La princesse obéit, docile, mais Jane se contenta de le regarder avec dédain.

— Demandez-lui la signification de cet outrage, dit-elle en français à sa compagne.

Mais le bandit ne lui laissa pas le temps d'ouvrir la bouche et la noya sous un flot de paroles dans une langue étrangère.

Ne comprenant pas un mot, Jane haussa les épaules. Le chauffeur avait rejoint l'autre homme.

— Votre Grandeur consentirait-elle à descendre ? dit-il avec un sourire sardonique.

Jane sortit de la voiture, son bouquet à hauteur du visage. La princesse la suivit.

— Votre Grandeur veut-elle venir par ici ?

Sans relever les façons insolentes du chauffeur, Jane se dirigea vers une maison basse située à une centaine de mètres de l'endroit où la voiture s'était arrêtée.

L'homme armé suivait de près les deux femmes. Ils gravirent un perron et on les fit pénétrer dans une pièce meublée en tout et pour tout d'une table et de deux chaises. L'homme au pistolet claqua la porte et la ferma à clef.

Jane jeta un coup d'œil à la fenêtre.

— Evidemment, je pourrais sauter, mais je n'irais pas bien loin. Le mieux est d'attendre, pour le moment. Je me demande si on nous apportera quelque chose à manger.

Sa curiosité fut satisfaite une demi-heure plus tard.

On posa devant elles un grand bol de soupe fumante et deux morceaux de pain sec.

— Les aristocrates n'ont pas droit au luxe, à ce qu'il paraît, dit-elle quand la porte fut refermée. Laquelle de nous deux commence ? Vous ou moi ?

La princesse Poporensky parut horrifiée.

— Comment pourrais-je manger ? Qui sait quels dangers affronte ma maîtresse à l'heure actuelle ?

— Elle se porte très bien, répliqua Jane. Mon sort me préoccupe davantage. Ces gens ne seront pas du tout satisfaits quand ils s'apercevront de leur erreur. Ce sera peut-être très désagréable. Je joue le jeu le plus longtemps possible et je déguerpis à la première occasion.

La princesse ne répondit pas.

Jane, qui avait faim, mangea toute la soupe. Elle avait un drôle de goût, mais elle était chaude.

La princesse versait des larmes silencieuses. Jane, qui se sentait la tête lourde, s'installa de son mieux sur sa chaise.

Puis elle s'endormit.

Elle s'éveilla en sursaut. Elle avait dû dormir fort longtemps. Elle avait très mal à la tête.

Brusquement, elle fit une découverte qui la stupéfia.

Elle portait la robe de jersey rouge !

Elle se redressa, regarda autour d'elle. Elle se trouvait toujours dans la pièce de la maison abandonnée. Mais la princesse Poporensky avait disparu.

« Je n'ai pas rêvé, sans quoi je ne serais pas ici. »

Un coup d'œil à l'extérieur révéla un autre détail d'importance. Quand elle avait perdu conscience, le soleil éclairait la fenêtre. A présent, la maison étendait son ombre sur le sentier.

« Cette bâtisse donne à l'ouest, se dit la jeune fille. Je me suis endormie dans l'après-midi. Maintenant, c'est le matin ; la soupe devait être droguée et puis... Oh ! je ne sais pas ! Tout cela est bien étrange. »

Elle traversa la pièce, tourna la poignée de la porte. Celle-ci s'ouvrit. Elle entreprit de visiter la maison. Elle était vide et silencieuse.

Sa tête douloureuse entre ses mains, elle s'efforça de réfléchir. Puis elle remarqua un journal froissé jeté devant le seuil. Une énorme manchette lui sauta aux yeux.

Une femme-gangster américaine en Angleterre. La femme à la robe rouge. Sensationnel hold-up à la vente de charité d'Orion House.

Assise sur une marche, Jane lut l'article avec stupeur. Peu après le départ de la grande-duchesse Pauline, trois hommes et une jeune fille en robe rouge armés de revolvers avaient tenu la foule en respect. Ils s'étaient emparés des cent perles et avaient pris la fuite dans une voiture de course. On n'avait pas encore retrouvé leur trace. Comme le précisait une dépêche de dernière minute, *la femme-gangster en robe rouge* était descendue à l'hôtel *Blitz* sous le nom de miss Montresor, de New York.

— Je suis dans le bain ! Je me doutais qu'il y avait un piège ! murmura Jane.

Soudain, un bruit étrange la fit sursauter. Une voix d'homme répétant toujours le même juron.

— Bon sang de bon sang !

Cela exprimait tellement ses propres sentiments que Jane descendit les marches en courant. Un jeune homme couché par terre essayait de se relever. Jamais Jane n'avait vu un visage plus charmant. Il était couvert de taches de rousseur et plutôt railleur.

— ... Bon sang ! Ma tête, bon s... (Il s'interrompit à la vue de Jane.) Je dois rêver, acheva-t-il d'une voix faible.

— Je le croyais aussi, répondit Jane. Mais non ! Qu'est-il arrivé à votre tête ?

— Quelqu'un a cogné dessus. Heureusement, elle est dure. (Il réussit à s'asseoir et fit une grimace.) Mon cerveau ne va pas tarder à fonctionner. Je suis toujours au même endroit, je le vois.

— Comment êtes-vous arrivé ici ?

— C'est une longue histoire. Au fait, vous n'êtes pas la grande-duchesse Machin ?

— Non. Je m'appelle simplement Jane Cleveland.

— Simplement ! C'est une façon de parler, dit le jeune homme avec un regard admiratif.

Jane rougit.

— Je vais essayer de vous trouver un peu d'eau, dit-elle gênée.

— C'est la coutume, je crois. Mais je préférerais du whisky.

Malgré toutes ses recherches, Jane ne put en découvrir. Le jeune homme but une longue gorgée d'eau et déclara se sentir mieux.

— Dois-je vous conter mes aventures, ou préférez-vous raconter les vôtres ?

— Vous d'abord.

— Ce n'est pas grand-chose. J'ai remarqué l'arrivée de la grande-duchesse à la vente. Elle avait des chaussures plates et je l'ai vue repartir montée sur hauts talons. J'ai trouvé cela plutôt étrange. Je n'aime pas ce que je ne comprends pas. J'ai suivi la voiture sur ma moto et je vous ai vue entrer dans cette maison. Dix minutes plus tard environ, une voiture de course a fait son apparition. Trois hommes et une femme en rouge l'occupaient. La femme portait des chaussures plates. Ils sont entrés dans la maison. « Talons plats » est ressortie habillée en noir et blanc. Elle a grimpé dans la première voiture, accompagnée d'une femme d'un certain âge et d'un grand type à la barbe blonde. Les autres se sont tirés dans l'auto de course. Je croyais la maison vide et je cherchais à passer par une fenêtre pour vous délivrer quand quelqu'un m'a assommé par-derrière. C'est tout. A votre tour.

Jane lui fit le récit de ses exploits.

— C'est une chance inouïe que vous m'ayez suivie. Imaginez un peu dans quel pétrin je me trouverais, autrement ! La grande-duchesse aurait eu un parfait alibi. Elle a quitté la vente avant le hold-up et regagné Londres dans sa voiture. Qui aurait cru à mon histoire invraisemblable ?

— Personne, dit le jeune homme avec conviction.

Ils s'étaient tellement absorbés dans le récit de leurs aventures qu'ils n'avaient pas remarqué un homme de haute taille, appuyé au mur de la maison. Il leur fit un petit signe amical.

— Très intéressant, dit-il.

— Qui êtes-vous ? s'écria Jane.

— Détective-inspecteur Farell, dit-il doucement. Votre histoire m'a beaucoup plu. A part un détail ou deux, nous aurions pu avoir du mal à vous croire.

— Par exemple ?

— La véritable grande-duchesse, nous l'avons appris ce matin, s'est fait enlever par son chauffeur, à Paris.

— Oh !

— Et nous connaissions l'arrivée de l'Américaine en Angleterre. Nous nous attendions à une histoire de ce genre. Nous lui mettrons la main dessus très vite, je puis vous le promettre. Excusez-moi une minute, s'il vous plaît.

Il gravit le perron quatre à quatre et pénétra dans la maison.

— Eh bien, par exemple !

Jane se tourna vers le jeune homme.

— Vous êtes un bon observateur pour avoir remarqué les chaussures !

— C'est tout naturel. J'ai été élevé avec elles. Mon père est une sorte de roi du soulier. Il voudrait me voir prendre sa suite, me marier et m'établir... pour le principe. Moi, je voulais être artiste... (Il poussa un profond soupir.)

— Comme je vous comprends.

— J'ai essayé pendant six ans, en vain. Je n'ai

aucun talent. Je vais laisser tomber tout ça et rentrer à la maison, en enfant prodigue. Une bonne situation m'y attend.

— L'essentiel, c'est d'avoir du travail. Pourriez-vous m'aider à trouver une place dans un magasin de chaussures ?

— J'ai mieux à vous offrir... si vous acceptez.

— Quoi ?

— Je vous le dirai plus tard. Jusqu'à hier, je n'avais jamais rencontré une jeune fille qui me plût vraiment.

— Hier ?

— A la vente. Je l'ai vue — Elle — l'Unique !

Il regardait Jane de façon très éloquente.

— Ces delphiniums sont ravissants, dit-elle, les joues brûlantes.

— Ce sont des lupins, rectifia le jeune homme.

— Cela n'a aucune importance.

— Non, en effet, admit-il.

Et il se rapprocha de Jane.

(Traduction de Monique Thies)

LE MIROIR
(In a glass darkly)

Je n'ai pas d'explication à proposer. Je n'ai aucune théorie quant au pourquoi et au comment. Je sais seulement que les choses se sont passées comme je vais vous les raconter.

Quelquefois, cependant, je me prends à me demander ce qui se serait produit si, à l'époque, j'avais prêté attention à ce petit détail essentiel que je ne devais remarquer que de nombreuses années plus tard. Si je l'avais remarqué alors, je présume que le cours de trois vies en eût été radicalement différent. Et cette pensée ne laisse pas de m'emplir d'effroi.

Pour reprendre les choses par leur commencement, je dois remonter à l'été 1914 — juste avant la guerre. Je me rendais à Badgeworthy en compagnie de Neil Carslake. Neil était, je crois, mon meilleur ami. Je connaissais également, mais beaucoup moins bien, son frère Alan. Quant à leur sœur Sylvia, je ne l'avais jamais rencontrée. Elle avait deux ans de moins qu'Alan, trois de moins que Neil. A deux reprises, au cours des années que nous avions vécues ensemble au collège, Neil m'avait invité à passer une partie des vacances à Badgeworthy, et à deux reprises un contretemps m'en avait empêché. C'est ainsi que j'avais déjà vingt-trois ans lorsque je vis pour la première fois la demeure de Neil et d'Alan.

Nous devions être assez nombreux. Sylvia, la sœur de Neil, venait de se fiancer à un certain Charles

Crawley, un garçon nettement plus âgé qu'elle, mais tout à fait convenable et suffisamment aisé. Tel est le portrait que m'en avait fait Neil.

Je me rappelle que nous arrivâmes vers les 7 heures du soir. Tout le monde s'était retiré afin de se changer pour le dîner. Neil me conduisit à ma chambre. Badgeworthy était une maison pleine de charme, remplie de coins et de recoins. Elle avait fait l'objet de transformations et d'agrandissements désordonnés au cours des trois derniers siècles, et on y rencontrait un peu partout de petites volées de marches à monter ou à descendre, et des cages d'escalier aux endroits les plus inattendus. C'était une de ces maisons dans lesquelles il n'est pas facile de retrouver son chemin. Aussi, je me souviens que Neil promit de venir me rechercher en descendant dîner. Je me sentais un peu intimidé à l'idée de rencontrer sa famille pour la première fois. Et je lui dis en riant que c'était bien le genre de maison où on s'attend à voir des fantômes dans les corridors. Il me répondit nonchalamment que, effectivement, la maison avait la réputation d'être hantée, mais qu'aucun d'entre eux n'avait jamais rien vu. Il ne savait même pas quelle sorte de fantôme était censé occuper les lieux.

Il sortit sans plus tarder et je me mis en devoir de plonger dans mes valises à la recherche de mes effets de soirée. Les Carslake n'étaient pas riches ; ils gardaient leur vieille demeure de famille mais n'avaient pas de domestiques pour défaire les bagages.

J'en étais à nouer ma cravate, debout devant le miroir de ma chambre. Je voyais dans la glace, outre mon visage et mes épaules, le mur auquel je tournais le dos — une simple paroi interrompue seulement par une porte, au milieu. Comme j'achevais mon nœud de cravate, je remarquai tout à coup que cette porte s'ouvrait.

J'ignore pourquoi je ne me suis pas retourné. C'eût été la réaction la plus naturelle, et pourtant ce ne fut pas la mienne. Je me bornai à regarder cette porte qui s'ouvrait avec lenteur, me découvrant peu à peu la pièce voisine.

C'était une chambre à coucher, plus grande que la mienne, avec deux lits. Soudain, je retins mon souffle.

Au pied d'un des deux lits se tenait une jeune femme. Autour de son cou, des mains d'homme qui la faisaient lentement fléchir vers l'arrière tout en lui serrant la gorge pour l'étrangler.

Il n'y avait aucune erreur possible. Je voyais parfaitement, clairement ce qui se passait là — et il s'agissait à n'en pas douter d'un meurtre.

Je voyais distinctement les traits de la jeune femme, son éclatante chevelure dorée, l'atroce épouvante qui se peignait sur son beau visage où le sang montait petit à petit. De l'homme, par contre, je n'apercevais que les mains, le dos et une longue cicatrice qui lui barrait le bas du visage, du côté gauche, jusqu'au cou.

Tout cela, qui prend un certain temps à raconter, ne dura en réalité que quelques secondes pendant lesquelles je demeurai confondu. Aussitôt après, je me retournai vivement pour voler à la rescousse...

Et je me trouvai face à face avec une grande garde-robe victorienne en acajou, placée contre le mur dont j'avais vu le reflet. Pas de porte ouverte, pas de scène de violence. Je pivotai de nouveau pour replonger mes regards dans le miroir. Mais il ne reflétait plus que la garde-robe d'acajou...

Je me passai la main sur les yeux. Puis, traversant la pièce d'un bond, j'essayai de déplacer la garde-robe. Et c'est alors que Neil entra par l'autre porte. Que diable étais-je occupé à faire ? s'étonna-t-il.

Il dut me croire à demi fou. Me tournant vers lui,

je lui demandai s'il y avait une porte derrière cette armoire. En effet, acquiesça-t-il, il y avait là une porte qui menait à la chambre d'à côté. Je lui demandai qui occupait cette chambre : les Oldham, me répondit-il, un certain major Oldham et sa femme. Quand je lui demandai si Mrs Oldham était très blonde, il me répondit assez sèchement qu'elle était au contraire extrêmement brune et je compris que j'étais en train de me ridiculiser. Je me repris et lui fournis quelque piètre excuse, et nous descendîmes ensemble. Je me dis que j'avais dû avoir une hallucination et je me sentis plutôt gêné de ma sottise.

C'est alors que Neil me dit :

— Voici ma sœur Sylvia.

Et je reconnus le ravissant visage de la jeune fille que je venais de voir étrangler... Et on me présenta à son fiancé, un grand homme sombre *qui avait une cicatrice du côté gauche du visage*.

Voilà où j'en étais. Je voudrais bien savoir ce que vous auriez fait à ma place. Il y avait là cette jeune fille — tout à fait la même — et l'homme que j'avais vu l'étrangler, et ils devaient se marier le mois suivant...

Avais-je oui ou non eu une vision prophétique de l'avenir ? Viendrait-il un moment où Sylvia et son mari, passant quelques jours dans cette maison, se verraient attribuer cette chambre — la meilleure des chambres d'amis — et où la scène dont j'avais été témoin se déroulerait dans la réalité ?

Que devais-je faire ? Que *pouvais*-je faire ? Me croirait-on, si je parlais — à Neil, par exemple, ou à la jeune fille elle-même ?

Toute la semaine que je passai à Badgeworthy, je ne cessai de tourner et de retourner le problème dans ma tête. Fallait-il parler ? Fallait-il se taire ? A mes doutes s'était ajoutée presque immédiatement une complication supplémentaire. Dès l'instant où j'avais vu Sylvia Carslake, j'étais tombé amoureux d'elle... Je la désirais plus que tout au monde... et cela me liait les mains.

Pourtant, si je ne disais rien, Sylvia épouserait Charles Crawley et Crawley la tuerait...

Aussi, la veille de mon départ, je lui racontai tout, de but en blanc. Je lui dis que je m'attendais à ce qu'elle me croie cinglé, mais je lui jurai solennellement que j'avais vu de mes yeux les choses telles que je les lui rapportais. Et que, si elle était déterminée à épouser Crawley, je pensais qu'il était de mon devoir de lui raconter mon étrange expérience.

Elle m'écouta très calmement. Il y avait dans ses yeux quelque chose que je ne comprenais pas. Elle n'était pas du tout fâchée. Quand j'eus terminé, elle se borna à me remercier gravement. Moi, comme un idiot, je répétais : « J'ai *vu* tout cela. Je l'ai vraiment *vu*, je vous le jure », et elle me disait : « J'en suis persuadée, puisque vous me le dites. Je vous crois. »

En fin de compte, je m'en allai, toujours sans savoir si j'avais bien fait ou si je m'étais comporté comme un sot. Une semaine plus tard, Sylvia rompait ses fiançailles avec Charles Crawley.

Ensuite, la guerre éclata, ne laissant guère le temps de penser à autre chose. Une ou deux fois, au cours de mes permissions, je tombai sur Sylvia — mais je tâchais de l'éviter, dans la mesure du possible.

Je l'aimais, je la désirais plus que jamais, mais il me semblait que ce n'était pas de jeu. C'est à cause de moi qu'elle avait rompu ses fiançailles et je me répétais que mon intervention ne pouvait se justifier que si elle avait été purement désintéressée.

Puis, en 1916, Neil fut tué et c'est à moi qu'incomba la tâche de raconter à Sylvia ses derniers moments. Après cela, il nous était impossible de demeurer éloignés l'un de l'autre. Sylvia avait adoré Neil et j'avais perdu en lui mon meilleur ami. Je la trouvai charmante, irrésistible dans son chagrin. Je parvins tout juste à tenir ma langue et m'en fus, priant le ciel qu'une balle vienne mettre un terme à cette malheureuse affaire. La vie sans Sylvia ne valait pas la peine d'être vécue.

Mais il était écrit qu'aucune balle ne devait m'emporter. J'en reçus deux, qui me laissèrent indemne : l'une me passa sous l'oreille droite et faillit bien m'avoir ; l'autre glissa sur l'étui à cigarettes qui était dans ma poche. Par contre, Charles Crawley fut tué au combat au début de l'année 1918.

D'une certaine manière, c'est cela qui fit toute la différence. En rentrant, à l'automne 1918, je me rendis directement chez Sylvia et je lui dis que je l'aimais. Je n'avais guère d'espoir qu'elle s'intéresse à moi, aussi je faillis tomber à la renverse quand elle me demanda pourquoi je ne lui avais pas dit cela plus tôt. Je balbutiai quelque chose à propos de Crawley, et elle rétorqua : « Mais pourquoi crois-tu que j'aie rompu avec lui ? » Et elle me dit alors qu'elle était tombée amoureuse de moi comme moi d'elle : dès le tout premier instant.

J'avais pensé, lui dis-je, qu'elle avait rompu ses fiançailles à cause de l'histoire que je lui avais racontée. Mais elle éclata de rire : quand on aime vraiment quelqu'un, on n'est pas aussi lâche ! Nous évoquâmes ensuite cette vision que j'avais eue à l'époque, conclûmes qu'il s'agissait d'une affaire étrange et incompréhensible — et n'y pensâmes plus.

Après quoi, les choses se déroulèrent sans fait particulièrement troublant. Nous nous mariâmes, Sylvia et moi, et nous étions heureux. Mais je me rendis bientôt compte que je n'étais pas le meilleur des maris. J'aimais Sylvia de toute mon âme, mais j'étais jaloux, grotesquement jaloux de quiconque recevait ne fût-ce qu'un sourire d'elle. Au début, la chose l'amusa. Je crois même que cela lui plaisait assez. Cela prouvait, au moins, à quel point je l'aimais.

Pour ma part, je savais parfaitement bien que, non content de me ridiculiser, je mettais en danger la paix et le bonheur de notre vie commune. Je le *savais*, mais je n'y pouvais rien changer. Chaque fois qu'arrivait une lettre qu'elle ne me montrait pas, je me demandais qui pouvait lui avoir écrit. Dès qu'elle riait et bavardait avec un autre homme, je devenais grognon et méfiant.

Au début, donc, Sylvia me taquina. Elle trouvait la plaisanterie énorme. Puis, elle commença à la trouver moins drôle. Enfin, elle ne tarda pas à ne plus la trouver drôle du tout.

Peu à peu, elle s'éloigna de moi. Non pas physiquement, non : elle cessa de me faire partager ses secrets. Je ne sus bientôt plus quelles étaient ses pensées. Elle se montrait gentille, mais avec tristesse et comme si elle se trouvait très loin de moi.

Progressivement, je compris qu'elle ne m'aimait plus. Son amour était mort, et c'était moi qui l'avais tué...

L'étape suivante paraissait inévitable. Je me mis à l'attendre — en la redoutant.

C'est alors que Derek Wainwright apparut dans notre vie. Il possédait tout ce que je n'avais pas. Il était spirituel, sa conversation pétillait d'intelligence. Il était beau. Et, je suis forcé de l'admettre, c'était un garçon très bien. Le jour où je le rencontrai, je me dis en moi-même : « Voilà l'homme qu'il faut à Sylvia... »

Elle résista, tout d'abord. Je sais qu'elle lutta... mais je ne l'aidai d'aucune façon. J'en étais incapable. Retranché dans ma sombre et maussade réserve, je souffrais un enfer — et ne parvenais pas à lever le

140

petit doigt pour me sauver. Je ne l'ai pas aidée. Au contraire, je n'ai fait qu'aggraver les choses. Un jour, j'ai donné libre cours à ma colère et j'ai déversé sur elle une longue suite d'injures sauvages et gratuites. J'étais presque fou de jalousie et de douleur. Les choses que je lui disais étaient cruelles et injustes. Et je savais, en les proférant, à quel point elles étaient cruelles, à quel point injustes. Et cependant j'éprouvais un plaisir sauvage à les prononcer.

Je me souviens comme Sylvia se renferma, le sang aux joues. Je la forçai jusqu'aux limites de ce qu'elle pouvait supporter.

Je l'entends encore me dire : « Cela ne peut plus continuer... »

Ce soir-là, quand je rentrai, je trouvai la maison vide. Vide. Avec un billet, comme dans les histoires.

Elle m'écrivait qu'elle me quittait pour toujours. Elle comptait passer un jour ou deux à Badgeworthy, après quoi elle irait rejoindre le seul être au monde qui l'aimât et qui eût besoin d'elle. Je ne devais pas espérer la voir revenir sur sa décision.

Jusque-là, sans doute, je n'avais pas réellement cru en mes propres soupçons. Cette confirmation noir sur blanc de ce que je craignais le plus au monde me jeta dans une colère épouvantable. Je me ruai vers Badgeworthy aussi vite que ma voiture me le permit.

Elle venait de se changer pour le dîner lorsque je fis irruption dans sa chambre. Je me rappelle son visage : stupeur, beauté, effroi.

Je m'écriai :

— Personne d'autre que moi ne t'aura ! Personne !

J'entourai son cou de mes deux mains et je me mis à serrer tout en la faisant ployer vers l'arrière.

Tout à coup, j'aperçus notre reflet dans le miroir : Sylvia qui suffoquait et moi en train de l'étrangler, et la cicatrice que j'avais sur la joue, là où la balle m'était passée sous l'oreille droite.

Je ne l'ai pas tuée, non. Cette révélation subite me paralysa. Je lâchai prise et la laissai glisser sur le sol... Et puis je m'effondrai. Et ce fut elle qui me consola. *Elle me consola.*

Je lui racontai tout et elle m'expliqua que « le seul être au monde qui l'aimât et eût besoin d'elle » était tout simplement son frère Alan. Ce soir-là, nous nous regardâmes tous deux jusqu'au fond de l'âme et je ne crois pas que, à dater de ce jour, nous nous soyons jamais plus éloignés l'un de l'autre.

Sans la grâce de Dieu et ce miroir, je serais un assassin. Cette pensée qui m'accompagne désormais dans la vie a suffi à me ramener à la raison. Mais il y eut bien une mort, ce soir-là : celle du démon de la jalousie qui me possédait depuis si longtemps.

Mais cela ne m'empêche pas, quelquefois, de me poser des questions. A supposer que je n'aie pas commis l'erreur initiale de voir la cicatrice sur la joue *gauche* de l'homme, alors qu'il s'agissait en fait de la joue *droite*, inversée par le miroir... aurais-je aussi inébranlablement identifié l'assassin comme étant Charles Crawley ? Aurais-je mis Sylvia en garde ? M'aurait-elle épousé, moi ? Ou lui ?

Ou bien le passé et le futur ne font-ils qu'un ?

Je suis un homme simple, je ne veux pas faire semblant de comprendre ces choses-là. Mais j'ai vu ce que j'ai vu. Et, grâce à ce que j'ai vu, Sylvia et moi sommes désormais ensemble — selon la formule traditionnelle — jusqu'à ce que la mort nous sépare. Et peut-être au-delà.

(Traduction de Dominique Mols)

L'ÉPOUSE DÉLAISSÉE
(The Case of the middle-aged wife)

On entendit quatre imprécations, puis une voix irritée s'étonna qu'on ne pût laisser un chapeau à sa place, une porte claqua... Mr Packington venait de partir pour attraper le train de 8 h 45 à destination de la Cité, à Londres. Sa femme, très rouge, les lèvres serrées, était assise à la table du petit déjeuner. Elle ne pleurait pas, pour la simple raison qu'une violente colère venait de remplacer son chagrin.

— Je ne puis plus supporter cette situation ! Non ! C'est impossible ! (Mrs Packington réfléchit un instant puis murmura :) L'effrontée ! La petite peste ! Comment George peut-il se montrer aussi bête !

Mais sa colère s'éteignit et son chagrin reprit le dessus. Ses yeux s'emplirent de larmes qui coulèrent sur ses joues fanées et elle gémit :

— A quoi bon répéter que j'en ai assez puisque je ne sais que faire ?

Elle se jugeait abandonnée, lamentable... Alors, elle saisit le journal et relut, en première page, une annonce qui l'avait déjà frappée :

Etes-vous heureux ? Dans le cas contraire, consultez Mr Parker Pyne, 17, Richmond Street.

— C'est stupide, absolument stupide, déclara Mrs Packington. Mais, après tout, je puis essayer...

C'est pourquoi, à 11 heures, elle entra, quelque peu nerveuse, dans le bureau du détective. En regardant celui-ci, elle se sentit rassurée : Mr Parker Pyne était robuste pour ne pas dire gros ; il avait une belle tête chauve, de grosses lunettes et des yeux intelligents.

— Veuillez vous asseoir, dit-il. Je pense que c'est mon annonce qui vous amène ?

— Oui..., se contenta de répondre Mrs Packington.

— Donc, vous n'êtes pas heureuse. Peu de personnes le sont et vous seriez fort étonnée si je vous en indiquais le nombre.

— Vraiment ? dit-elle. (Mais le malheur d'autrui l'intéressait peu.)

— Je sais que cela vous laisse indifférente ; il n'en est pas de même pour moi : voyez-vous, pendant trente-cinq années de mon existence, j'ai établi des statistiques dans un bureau du gouvernement. Je suis maintenant à la retraite et j'ai eu l'idée de faire bon usage de mon expérience. La question est fort simple car les chagrins ont cinq causes principales, pas davantage. Or, si l'on connaît la cause d'une maladie, il doit être facile d'y remédier. Je me mets à la place du médecin qui diagnostique le mal de son client et lui indique un traitement. Certes, il y a des cas incurables où j'avoue mon impuissance. Par contre, madame, je puis vous affirmer que, si j'entreprends un traitement, le succès est à peu près certain.

Etait-ce possible ? Y avait-il un attrape-nigaud ou, au contraire ?... Mrs Packington fixa sur son interlocuteur un regard plein d'espoir.

— Je vais porter un diagnostic à votre sujet, reprit Parker Pyne en souriant. Il s'agit de votre ménage. Votre existence conjugale a été heureuse et je pense que votre mari a réussi dans ses affaires... mais je suppose qu'il y a une jeune personne dans vos ennuis... Peut-être fait-elle partie du personnel de bureau ?

— Oui, c'est une dactylo, une petite intrigante fardée, aux lèvres trop rouges, aux bas de soie, aux boucles blondes...

Mrs Packington parlait maintenant d'abondance et Parker Pyne dit doucement :

— Je suis sûr que votre mari affirme n'avoir rien à se reprocher ?

— Ce sont ses propres paroles !

— Je devine ses réflexions : pourquoi ne pourrait-il pas éprouver une amitié parfaitement honnête pour cette enfant, mettre un peu de joie, de distraction dans sa morne existence ? La pauvre petite mène une vie si morne !

Mrs Packington acquiesça vivement et ajouta :

— Ce sont des prétextes ! Il l'emmène canoter. J'aime beaucoup cela, mais depuis cinq ou six ans mon mari déclare que cela l'empêche de jouer au golf ! Toutefois, le golf ne compte pas quand il s'agit d'*elle*. J'aime énormément le théâtre ; George se dit trop fatigué pour sortir le soir.

— Maintenant il emmène cette fille *danser* et rentre à 3 heures du matin, tout en déplorant le ridicule d'une femme jalouse sans raison ?

Mrs Packington fit un signe affirmatif.

— Oui..., mais comment le savez-vous ? ajouta-t-elle vivement.

— Grâce aux statistiques, répondit son interlocuteur avec calme.

— Je suis si malheureuse ! J'ai toujours été une femme dévouée et me suis tuée de travail quand nous étions jeunes ; j'ai contribué à son succès et n'ai jamais regardé aucun autre homme. Je tiens bien sa maison, ses vêtements sont en parfait état, ses repas sont soignés..., et à présent que nous avons une bonne situation, que nous pourrions sortir un peu, voilà ce qui m'arrive !

Mr Parker Pyne répondit tristement :

— Je comprends fort bien.

— Mais... pouvez-vous m'aider ?

— Certes, chère madame. Je connais le traitement.

— Que dois-je faire ?

— Vous fier entièrement à moi... et cela vous coûtera deux cents guinées.

— Deux cents guinées !

— Oui. Vous avez les moyens de les débourser et il vous en coûterait autant pour une opération. Or, le bonheur a autant de valeur que la santé.

— Je vous paierai plus tard, je suppose ?

— Non. Vous me paierez d'avance.

Mrs Packington se leva.

— Je crains de ne pouvoir...

— Acheter chat en poche ? répondit Parker gaiement. Peut-être avez-vous raison car la somme est forte. Il vous faut me faire confiance et tenter votre chance. Telles sont mes conditions.

— Deux cents guinées !

— Exactement. Au revoir, madame. Prévenez-moi si vous acceptez.

Tout souriant, Parker serra la main de sa visiteuse et, quand elle fut partie, appuya sur un bouton. Une jeune personne d'aspect sévère se montra.

— Préparez un dossier, je vous prie, miss Lemon. Puis dites à Claude que je vais sans doute avoir bientôt besoin de lui.

— Pour une nouvelle cliente ?

— Oui, pour l'instant elle regimbe, mais elle reviendra. Cet après-midi, probablement, vers 4 heures. Faites une fiche.

— Tarif A ?

— Certes, tarif A. Il est intéressant de constater que chaque personne s'imagine que son cas est unique. Donc, prévenez Claude, mais recommandez-lui de ne pas se donner un aspect excentrique. Pas de parfum et les cheveux coupés court.

Il était 4 heures un quart lorsque Mrs Packington reparut. Elle sortit un carnet de chèques de son sac, rédigea une formule et la tendit à Parker qui lui remit un reçu.

— Et maintenant ? interrogea-t-elle.

Toujours souriant, il répondit :

— Rentrez chez vous. Demain matin, par le premier courrier, vous recevrez des instructions auxquelles vous voudrez bien vous conformer.

Mrs Packington regagna sa maison dans un état d'agréable euphorie. Son mari revint plein de combativité, prêt à défendre ses droits si la scène du matin se reproduisait. Toutefois, il fut soulagé de constater que sa femme paraissait très calme et même songeuse.

Il écouta la radio tout en se demandant si la chère petite Nancy l'autoriserait à lui offrir un manteau de fourrure. Elle était très fière et il ne voulait pas l'offenser. Pourtant, elle s'était plainte du froid. Sa mince veste de tweed, visiblement bon marché, ne la protégeait guère. Peut-être pourrait-il présenter son cadeau d'une manière qui n'aurait rien de blessant... Il désirait lui consacrer bientôt une autre soirée, car emmener une jeune fille comme elle dans un restaurant chic était un plaisir. Il constatait que bien des hommes l'enviaient ! Elle était vraiment ravissante. Et il lui plaisait ! Ne lui avait-elle pas dit combien elle le trouvait jeune ?

Packington leva les yeux et croisa le regard de sa femme ; il se sentit coupable envers elle — ce qui le vexa. Maria avait l'esprit par trop étroit et soupçonneux ! Elle ne lui permettait pas la moindre détente ! Il éteignit la radio et alla se coucher.

Le lendemain matin, Mrs Packington reçut deux lettres inattendues : la première lui confirmait un rendez-vous dans un salon de coiffure renommé. La

seconde lui indiquait l'heure où une grande couturière l'attendrait. Enfin, une troisième, signée par
Mr Parker Pyne, l'invitait à déjeuner au *Ritz* ce jour-là.

Mr Packington annonça qu'il ne rentrerait sans
doute pas dîner car il devait voir un client important.
Sa femme se contenta de répondre par un signe
vague, et il partit en se félicitant d'avoir échappé à
l'orage.

L'esthéticienne se montra formelle : pourquoi madame s'était-elle négligée ainsi ? Elle aurait dû soi-
gner sa beauté depuis longtemps ! Toutefois, il n'était
pas trop tard.

Son visage fut massé, épilé, passé à la vapeur. On
lui appliqua un masque d'argile, puis diverses crè-
mes et enfin des fards et de la poudre. Enfin on lui
tendit un miroir et elle pensa : « J'ai réellement l'air
plus jeune. »

La séance chez la couturière fut tout aussi exci-
tante ; elle en sortit avec l'impression qu'elle était
d'une élégance dernier cri.

Lorsqu'elle entra au *Ritz* à l'heure indiquée,
Mr Parker Pyne, fort bien habillé, l'attendait.

— Charmante ! déclara-t-il en l'enveloppant d'un
regard connaisseur. Je me suis permis de comman-
der pour vous une « dame blanche ».

Mrs Packington, qui n'avait pourtant pas l'habitude des cocktails, ne protesta pas et, tout en dégus-
tant l'agréable breuvage, écouta son mentor :

— Il faut que votre mari soit stupéfait ! Vous
comprenez : stupéfait ! Pour obtenir ce résultat, je
vais vous présenter un de mes jeunes amis et vous
déjeunerez avec lui.

Au même instant, un beau garçon approcha en
regardant de tous côtés ; ayant aperçu Parker Pyne,
il vint vers lui d'un pas souple.

— Mr Claude Luttrell, Mrs Packington, présenta
le détective.

Le nouveau venu devait à peine atteindre la trentaine ; il était souriant, admirablement vêtu et fort séduisant.

— Heureux de vous connaître, murmura-t-il.

Quelques minutes plus tard, il était assis en face de Mrs Packington à une petite table, et parlait agréablement de Paris et de la Côte d'Azur. Il demanda à sa compagne si elle aimait la danse ; elle répondit affirmativement, mais ajouta qu'elle n'avait plus guère l'occasion de danser, son mari n'aimant pas sortir le soir.

— Voyons, dit Claude Luttrell en souriant et en montrant des dents étincelantes, il ne peut être assez égoïste pour vous empêcher de vous distraire. De nos jours, les femmes n'admettent plus la jalousie.

Mrs Packington fut sur le point de répondre qu'il ne s'agissait pas de jalousie mais se tut. En somme, cette idée ne lui était pas désagréable.

Le jeune homme fit l'éloge des clubs de danse et ils convinrent de se retrouver le lendemain soir au *Petit Archange*.

Mrs Packington éprouvait quelque embarras à la pensée d'en parler à George, de crainte qu'il ne s'étonnât et ne la jugeât ridicule ; mais elle fut dispensée de ce souci. Le matin, elle n'avait rien osé dire et, dès le début de l'après-midi, le téléphone lui apprit que son mari dînait en ville.

La soirée fut charmante. Dans sa jeunesse, Mrs Packington avait été une excellente danseuse et, grâce à l'habileté de Luttrell, elle ne tarda pas à exécuter les pas à la mode. Il lui fit compliment de sa robe et de sa coiffure. (Elle était allée à son rendez-vous le matin chez le coiffeur en vogue.) En lui disant au revoir, Claude lui baisa la main. Mrs Packington n'avait pas passé un aussi agréable moment depuis des années.

Dix jours remarquables suivirent. Mrs Packington

déjeuna, prit le thé, dîna, dansa, soupa avec Luttrell qui lui raconta sa triste enfance ; elle apprit comment son père avait perdu sa fortune, comment sa fiancée l'avait abandonné et pourquoi il se méfiait des femmes en général.

Le onzième jour, ils étaient à *L'Amiral rouge* ; Mrs Packington fut la première à voir son mari qui dansait avec sa dactylo.

— Salut, George ! lui dit-elle gaiement quand leurs regards se croisèrent.

Elle constata avec un certain amusement qu'il rougissait et que sa stupeur se teintait d'embarras. Elle se sentit maîtresse de la situation. Pauvre vieux George ! Une fois assise, elle ne le perdit pas de vue. Qu'il était gros et chauve et comme il sautillait — à la manière en honneur vingt ans auparavant ! Il tentait désespérément de paraître jeune et la pauvre fille qu'il accompagnait voulait avoir l'air de s'amuser... mais comme elle semblait excédée !

Mrs Packington pensa que sa situation était beaucoup plus enviable ! Elle regarda Claude qui, plein de tact, se taisait, et qui la comprenait si bien ! Leurs yeux se rencontrèrent ; ceux du jeune homme, si mélancoliques, se posaient tendrement sur les siens.

— Voulez-vous encore danser ? murmura-t-il.

Ils s'enlacèrent ; c'était divin ! Mrs Packington se rendait compte que son mari la suivait d'un regard injecté de sang ; elle se souvint que Mr Parker Pyne voulait exciter la jalousie de George... à présent, elle n'y tenait plus. Pourquoi peiner le pauvre homme alors qu'elle était si heureuse !

Packington était rentré depuis une heure quand sa femme arriva. Il était déconcerté et ne savait que dire.

— Hum ! murmura-t-il. Te voilà !

Elle laissa tomber la luxueuse cape de soirée acquise le matin même et répondit en souriant :

— Oui, me voilà.

George toussota.

— Euh !... j'ai été surpris de te rencontrer.

— N'est-ce pas ?

— Je... j'avais pensé que ce serait gentil d'emmener cette petite s'amuser... Elle vient d'avoir beaucoup d'ennuis dans sa famille. J'ai eu l'idée... bref, j'ai agi par charité.

Mrs Packington fit un signe d'approbation. Pauvre vieux George !

— Quel est donc ce type qui t'accompagnait ? Je ne crois pas le connaître.

— Il s'appelle Luttrell, Claude Luttrell.

— Comment le connais-tu ?

— Quelqu'un me l'a présenté, répondit Mrs Packington sans insister.

— C'est curieux que tu ailles danser... à ton âge. Il ne faut pas te rendre ridicule, ma chère.

Sa femme sourit ; elle se sentait bien trop indulgente envers l'humanité pour répondre du tac au tac et se contenta de dire doucement :

— Les distractions sont toujours les bienvenues.

— Sois prudente ; il y a beaucoup de gigolos et de femmes d'un certain âge qui perdent la tête. Je te préviens simplement car je ne voudrais pas que tu agisses inconsidérément.

— Je trouve la danse excellente pour la santé.

— Hum !... peut-être.

— Je suppose qu'il en est de même pour toi. Il faut surtout être heureux. Je me souviens que tu le disais, il y a une dizaine de jours, au petit déjeuner.

Son mari la dévisagea, mais elle ne semblait pas ironique. Elle bâilla.

— Il faut que je me couche... A propos, George, j'ai été très dépensière récemment et tu vas recevoir de grosses notes. Cela ne t'ennuie pas ?

— Des notes ?

— Oui. Des robes, des massages, des soins capillaires... J'ai vraiment été prodigue... mais je sais que tu ne m'en voudras pas.

Elle s'engagea dans l'escalier, laissant son mari interdit. Elle s'était montrée tout à fait gentille au sujet de leur rencontre au dancing et n'avait pas paru froissée... mais quel dommage que Maria, ce modèle d'économie, se soit mise à tant dépenser !

— Ah ! les femmes !

George Packington hocha la tête. Les frères de la jeune Nancy avaient fait des bêtises... Il avait été content de l'aider... Toutefois... et juste en ce moment, la Bourse était mauvaise.

Packington soupira et monta lentement.

Il arrive parfois qu'une phrase oubliée revienne à la mémoire. Ce ne fut pas avant le lendemain matin que certains mots de son mari frappèrent Mrs Packington : « Gigolos. Femmes d'un certain âge qui perdent la tête... »

Elle était courageuse et envisagea nettement son cas. Claude était-il un gigolo ? Peut-être... cependant, les gigolos se faisaient payer tandis que Luttrell acquittait toutes leurs dépenses... Sans doute, mais c'était Parker Pyne qui lui fournissait l'argent... sur les deux cents guinées qu'elle lui avait remises.

N'était-elle donc qu'une vieille sotte, et Luttrell se moquait-il d'elle derrière son dos ? Mrs Packington rougit à cette idée !

Et après ? N'aurait-elle pas dû lui faire un cadeau ? Un étui à cigarettes en or, par exemple... Poussée par un sentiment étrange, elle se rendit tout droit chez un grand bijoutier, choisit et paya l'étui.

Elle devait retrouver Claude au *Claridge* pour déjeuner. Pendant qu'ils prenaient le café, elle sortit le paquet de son sac et murmura :

— Voici un petit cadeau.

Luttrell leva la tête, fronça les sourcils et demanda :

— Pour moi ?

— Oui... j'espère qu'il vous plaira.

Il referma la main sur le paquet et le fit glisser rapidement sur la table en disant :

— Pourquoi me donnez-vous cela ? Je n'en veux pas ! Reprenez-le tout de suite !

Il était furieux et ses yeux noirs étincelaient. Elle murmura : « Je suis désolée... » et remit l'étui dans son sac.

Mais l'atmosphère demeura tendue.

Le lendemain matin, Luttrell téléphona à Mrs Packington :

— Il faut que je vous parle. Puis-je venir chez vous dans l'après-midi ?

Elle lui répondit qu'elle l'attendrait à 3 heures.

Quand il arriva, il était pâle et tendu ; ils échangèrent quelques mots, mais tous deux étaient très mal à l'aise. Soudain, Luttrell se dressa et fit face à Mrs Packington :

— Pour qui me prenez-vous ? Je suis venu vous le demander. Nous avons été bons amis... mais cependant, vous me considérez comme un gigolo, un individu qui vit des femmes. N'est-il pas vrai ?

— Non, non.

Il écarta sa dénégation d'un geste.

— Vous le croyez ? C'est exact et je suis ici pour vous l'avouer. J'avais reçu des ordres : vous faire sortir, vous distraire, vous faire la cour, vous détacher de votre mari ! Tel était mon travail. Pas très honorable, n'est-ce pas ?

— Pourquoi m'en parlez-vous ?

— Parce que j'en ai assez ! Je ne puis continuer avec vous. Vous ne ressemblez pas aux autres. Je pourrais avoir confiance en une femme telle que vous et l'adorer... Vous allez penser que je joue toujours mon rôle... Je vais vous prouver que non : je vais partir... à cause de vous... devenir un homme au lieu d'un être méprisable. (Il la prit dans ses bras, la serra, puis s'écarta :) Adieu. J'ai toujours été fainéant ; mais je jure que je vais changer. Vous souvenez-vous m'avoir dit un jour que vous aimiez lire les petites annonces personnelles ? Chaque année à la même date qu'aujourd'hui, vous y trouverez un message de moi, vous assurant que je me souviens et que je réussis. Vous comprendrez alors ce que vous avez été à mes yeux. Encore un mot : je n'ai rien accepté de vous, mais je veux vous laisser un objet qui m'ait appartenu... (Il ôta de son doigt une chevalière en or et ajouta :) Elle était à ma mère et il me plairait que vous la gardiez. Au revoir.

Il sortit, laissant Mrs Packington stupéfaite, la bague au creux de la main.

George Packington rentra de bonne heure ; il trouva sa femme assise près du feu, le regard lointain. Elle lui parla aimablement mais d'un air préoccupé.

— Ecoute, Maria, lui dit-il tout à coup, au sujet de cette jeune fille...

— Quoi donc, mon ami ?

— Je... je n'ai jamais eu l'intention de te peiner... il n'y a là rien de sérieux.

— J'en suis sûre et j'ai été sotte. Emmène-la danser tant que tu voudras si cela te distrait.

Ces mots eussent dû enchanter Packington. Bien au contraire, il en fut vexé. Comment se réjouir de sortir avec une femme quand l'épouse légitime vous y pousse ? Vraiment, ce n'était pas convenable ! Le sentiment d'être un homme affranchi, qui jouait avec le feu, disparut comme par enchantement... George éprouva une grande lassitude et se souvint d'avoir trop dépensé d'argent : cette gamine était vraiment intéressée... Il proposa timidement :

— Nous pourrions peut-être faire un petit voyage, Maria ?

— Oh ! je n'y pense guère ; je suis parfaitement heureuse.

— Pourtant, j'aimerais t'emmener... Nous pourrions aller sur la Côte d'Azur.

Mrs Packington sourit. Pauvre vieux George ! Elle l'aimait bien et le trouvait attendrissant, car sa vie n'était pas, comme la sienne, embellie par le souvenir d'un sacrifice secret ! Son sourire devint plus affectueux.

— Ce serait délicieux, mon ami.

Mr Parker Pyne causait avec miss Lemon.

— A combien se montent les frais dans cette affaire ?

— Cent deux livres, quatorze shillings et six pence.

La porte du bureau s'ouvrit, et Claude Luttrell parut, l'air triste.

— Bonjour, Claude, lui dit Parker. Tout s'est-il bien passé ?

— Je le crois.

— Quel nom avez-vous fait graver sur la bague ?

— « Mathilde-1899. »

— Bon... et quel est le texte de l'annonce ?

— « Je réussis et me souviens, Claude. »

— Prenez-en note, miss Lemon. Rubrique personnelle, 3 novembre. Voyons, nous avons dépensé cent deux livres, quatorze shillings, six pence ; l'annonce devra paraître pendant dix ans. Il nous reste un profit de quatre-vingt-deux livres, deux shillings et quatre pence. C'est parfait.

La secrétaire sortit et Luttrell s'écria :

— C'est affreux et cela me dégoûte !

— Que signifie ?...

— Oui, c'est ignoble ! Cette femme est bonne et

honnête ! Lui avoir menti, raconté des blagues me rend malade !

Mr Parker Pyne ajusta ses lunettes et dévisagea Claude gravement.

— Juste ciel ! répliqua-t-il. Je n'ai pas le souvenir que votre conscience vous ait tourmenté au cours de votre... retentissante carrière ! Vos exploits sur la Côte d'Azur ont été particulièrement éhontés et la manière dont vous avez exploité Mrs Hattie West, la femme du roi des concombres californiens, s'est notamment signalée par l'âpreté de vos instincts mercenaires.

— Sans doute, mais je ne suis plus le même, murmura Luttrell. Ce jeu est infâme !

Parker Pyne répondit du ton d'un maître d'école qui gronde son élève favori :

— Vous venez, mon cher enfant, d'accomplir une action méritoire ; vous avez donné à une femme découragée ce dont toutes les femmes ont besoin : une aventure sentimentale. Elles maudissent une passion et n'en gardent qu'un mauvais souvenir ; tandis qu'une idylle exhale pendant des années un parfum subtil. Je connais la nature humaine et je puis vous assurer qu'une femme se nourrit longtemps d'un incident de ce genre... Nous avons fort bien rempli notre devoir envers Mrs Packington.

— Possible, grommela Claude, mais cela ne me plaît pas.

Il sortit. Mr Parker Pyne prit une fiche neuve dans son tiroir et inscrivit :

Intéressante apparition de la conscience dans l'esprit d'un gigolo endurci. En étudier le développement.

(Traduction de Miriam Dou)

LE VASE BLEU
(The Mistery of the blue jar)

Jack Harington regarda tristement son parcours de golf et, debout auprès de sa balle, mesura la distance tandis que son visage reflétait le dégoût. Il soupira, prit un club, décapita tour à tour une fleur de chico-rée sauvage et une touffe d'herbe, puis attaqua vi-goureusement la balle.

Il est pénible, quand on a vingt-quatre ans et pour ambition unique d'améliorer son classement au golf, d'être obligé de consacrer du temps et de l'attention au problème de la vie matérielle. Sur les sept jours de la semaine, Jack était enfermé pendant cinq jours et demi dans un bureau de la Cité qui ressemblait à un mausolée. Le samedi après-midi et le dimanche étaient religieusement consacrés au véritable but de sa vie et, mû par un excès de zèle, il avait loué une chambre dans un petit hôtel proche du terrain de golf de Stourton Heath et se levait à 6 heures du matin afin de pouvoir s'entraîner pendant une heure, avant de prendre, à 8 h 46, le train de Londres.

Le seul inconvénient du système résidait dans le fait qu'il paraissait incapable d'actionner une balle à cette heure matinale.

Jack soupira, saisit son club et se répéta les mots magiques : « Le bras gauche en avant sans lever les yeux. » Il balança le bras puis s'arrêta, pétrifié, tandis qu'un cri aigu déchirait le silence de cette matinée printanière :

— A l'assassin !... Au secours !...

La voix féminine s'interrompit dans un sanglot. Jack jeta son club et se précipita dans la direction d'où le cri était parti, à peu de distance, semblait-il. Ce côté du terrain de golf était fort désert et on n'y apercevait qu'un seul petit cottage, fort pittoresque au demeurant. Jack y courut, contourna un talus de bruyère et se trouva bientôt devant une barrière qui protégeait un jardin. Une jeune fille s'y tenait, seule, et, pendant un court instant, Jack crut qu'elle avait appelé au secours, mais il ne tarda pas à changer d'avis.

L'inconnue tenait à la main un petit panier plein de mauvaises herbes et venait manifestement de se redresser après avoir nettoyé une bordure de pensées. Le jeune homme remarqua que ses yeux veloutés ressemblaient aux fleurs dont elle s'occupait et aussi qu'elle fixait sur lui un regard à la fois vexé et surpris.

— Je vous prie de m'excuser, dit-il, n'avez-vous pas poussé un cri ?

— Moi ? Sûrement pas !

Elle parlait d'un air tellement étonné que Jack fut très penaud. L'inconnue avait une fort jolie voix, au timbre quelque peu étranger.

— Mais vous avez sûrement entendu appeler au secours, tout près d'ici ?

La jeune fille répliqua :

— Je n'ai rien entendu.

Jack demeura stupéfait. Il lui paraissait incroyable qu'elle n'eût pas perçu le cri d'effroi et pourtant son calme était tel qu'il ne pouvait croire qu'elle mentait. Aussi ajouta-t-il :

— La voix était toute proche...

— Que disait-elle ? demanda l'inconnue en regardant Jack d'un air soupçonneux.

— « Au secours, à l'assassin ! »

— « A l'assassin » ? Quelqu'un s'est moqué de vous, monsieur. Qui aurait pu être tué ici ?

Jack regarda autour de lui avec la vague idée qu'il allait voir un cadavre sur le sentier. Il était sûr d'avoir entendu un cri et il leva les yeux vers les fenêtres de la petite maison. Tout y paraissait calme et paisible.

— Voulez-vous fouiller notre maison ? demanda la jeune fille d'un ton sec.

Elle paraissait tellement sceptique que la gêne de Jack augmenta. Il se détourna et dit :

— Excusez-moi, la voix devait venir de plus haut, dans les bois.

Puis, soulevant son chapeau, il s'éloigna. Ayant ensuite jeté un regard par-dessus son épaule, il constata que la jeune fille avait repris son jardinage avec calme.

Il parcourut les bois pendant quelque temps mais sans rien y voir d'anormal. Pourtant, il était de plus en plus certain d'avoir entendu crier. Il finit par renoncer à ses recherches et se hâta de rentrer pour avaler son petit déjeuner et attraper au vol son train. Pourtant, une fois assis dans son compartiment, il éprouva un remords : n'aurait-il pas dû aller rendre compte à la police ? L'incrédulité de la jeune fille avait été cause de son inertie, car il était évident qu'elle avait cru qu'il rêvait. Les policiers seraient sans doute du même avis. Etait-il vraiment sûr d'avoir entendu crier ?

Il n'en était plus aussi certain. Il pouvait avoir confondu un appel d'oiseau avec la voix d'une femme... Toutefois, il repoussa cette idée et se souvint d'avoir regardé sa montre juste avant d'avoir entendu crier. Il devait être 7 h 25 et ce détail pouvait être utile aux enquêteurs si l'on faisait des recherches.

Ce soir-là, en rentrant chez lui, il lut attentivement

les journaux pour voir si aucun crime n'était signalé. Il ne trouva rien et fut à la fois soulagé et désappointé.

Le lendemain matin, il pleuvait tellement que le plus ardent joueur de golf eût renoncé à manier ses clubs. Jack se leva à la dernière minute, déjeuna au galop, sauta dans le train et parcourut vivement les journaux qui n'annonçaient rien de tragique.

« C'est curieux, pensa le jeune homme, des gamins devaient jouer dans le bois. »

Il sortit de bonne heure le lendemain et, en passant devant la petite maison, il aperçut la jeune fille qui arrachait des mauvaises herbes. Ayant commencé à jouer, il regarda sa montre et murmura :

— Juste 7 h 25... Je me demande...

La phrase s'arrêta dans sa gorge, car le cri qui l'avait tant effrayé retentit à nouveau :

— A l'assassin... au secours... (C'était une voix de femme absolument affolée.)

Jack revint sur ses pas en courant ; la fille aux pensées était debout devant la barrière. Elle semblait effrayée et Jack courut vers elle d'un air triomphant en criant :

— Vous avez entendu, cette fois ?

Les yeux de l'inconnue étaient grands ouverts, mais elle recula, regarda la maison comme si elle voulait s'y réfugier, secoua la tête et répondit :

— Je n'ai rien entendu.

Jack eut l'impression qu'elle lui avait asséné un coup entre les deux yeux. Sa sincérité était tellement évidente qu'il ne pouvait mettre sa parole en doute. Pourtant, il n'avait pas imaginé ces cris. Il entendit la jeune fille dire doucement, presque avec sympathie :

— Vous avez été témoin d'un bombardement, sans doute ?

Il comprit le regard affolé, le recul. Elle supposait qu'il avait des visions. Puis, comme une douche glacée, l'idée lui vint que cette jeune fille avait peut-être raison : avait-il des hallucinations ? Saisi d'effroi, il se détourna et s'éloigna d'un pas mal assuré, sans répondre un mot.

La jeune inconnue le suivit des yeux, soupira, secoua la tête et se remit à son travail.

Jack tenta de se raisonner : « Si j'entends encore ce maudit bruit à 7 h 25, pensa-t-il, je serai certain d'être le jouet d'une hallucination. Mais je ne l'entendrai pas... »

Il demeura nerveux toute la journée et se coucha de bonne heure, décidé à tenter l'expérience le lendemain matin.

Ainsi que cela se produit souvent dans les cas semblables, Jack resta éveillé une partie de la nuit et sombra ensuite dans un profond sommeil. Il était 7 h 20 quand il sortit de l'hôtel et se mit à courir vers le golf : il comprit qu'il ne pourrait arriver à l'endroit fatal avant 7 h 25 mais estima que, s'il s'agissait d'une simple hallucination, il la percevrait n'importe où ; aussi se mit-il à courir, les yeux fixés sur les aiguilles de sa montre.

7 h 25... L'écho d'un cri de femme lui parvint de très loin. Il ne pouvait distinguer les mots, mais il fut convaincu que l'appel était le même et venait également des environs de la petite maison. Toutefois il fut rassuré et pensa qu'il pouvait s'agir d'une plaisanterie. Si invraisemblable que cela parût, la jardinière inconnue se moquait peut-être de lui. Il se redressa, prit un club dans son sac et se décida à jouer jusqu'à la maison. La jeune fille était dans le jardin comme d'habitude. Elle leva la tête et quand il lui souhaita timidement le bonjour, il la trouva plus jolie que jamais.

— Belle journée, n'est-ce pas ? cria-t-il en maudissant la banalité de sa phrase.

— Oui, très belle.

— Le temps doit être favorable au jardin ?

L'inconnue sourit, ce qui creusa une fossette dans sa joue.

— Hélas ! non, il faut de la pluie pour mes fleurs. Voyez, elles sont toutes fanées.

Jack obéit à l'invitation et s'approcha de la petite haie qui séparait le jardin du golf.

— Vos fleurs me paraissent en bon état, répondit-il gauchement tout en constatant que l'inconnue le regardait avec pitié.

— Oui, déclara-t-elle, le soleil est bon pour la santé et on peut toujours arroser les fleurs, mais il est encore meilleur pour les malades. Vous semblez beaucoup plus robuste, aujourd'hui, monsieur ?

Sa voix pleine de compassion agaça fortement Jack qui répliqua :

— Je me porte à merveille.

— Alors tout va bien, dit-elle — et son interlocuteur eut la certitude qu'elle n'en croyait rien.

Il acheva son parcours et rentra en hâte pour déjeuner. Tout en mangeant, il constata, et ce n'était pas la première fois, qu'un personnage, assis à une table voisine, le regardait avec attention. D'âge moyen, il avait un visage énergique, une barbiche noire et des yeux gris au regard perçant. Son attitude pleine d'assurance le désignait comme un homme occupant une situation en vue.

Jack savait qu'il se nommait Lavington et avait entendu dire que c'était un médecin réputé ; mais, comme il ne fréquentait guère le milieu médical, il n'en savait pas plus.

Toutefois, ce jour-là, il s'aperçut que son voisin l'observait avec grand intérêt et en éprouva un certain malaise. En raison de sa profession, cet homme avait-il découvert qu'il était malade ?

Soudain Jack se rendit compte qu'il pouvait s'en assurer.

162

Jusqu'alors il avait toujours été seul quand il entendait le cri. S'il avait un compagnon, trois hypothèses pouvaient se produire : la voix mystérieuse pouvait ne pas se faire entendre, les deux hommes pouvaient l'entendre, ou encore, lui, Jack, l'entendrait seul.

Ce soir-là, il commença de mettre son plan à exécution.

Il entama une conversation avec Lavington qui en parut enchanté. Il était clair que le jeune homme l'intéressait et il accepta sans hésiter l'offre d'une partie de golf pour le lendemain matin.

Ils partirent un peu avant 7 heures. La journée était magnifique, calme et ensoleillée, pas trop chaude. Le médecin jouait bien, tandis que Jack accumulait les fautes car son esprit était entièrement absorbé par ce qui allait se produire. Il consultait sa montre à chaque instant. Ils atteignirent le septième trou, près duquel se trouvait la maison, vers 7 h 20. Comme d'habitude, la jeune fille jardinait mais elle ne leva pas la tête quand les deux hommes s'approchèrent.

Les deux balles étaient sur leurs parcours, celle de Jack près du trou, celle du médecin un peu plus loin.

— Il faut que j'essaie un bon coup, déclara Lavington.

Il se pencha pour évaluer la distance tandis que Jack, immobile, avait les yeux fixés sur sa montre. Il était exactement 7 h 25. La balle courut sur l'herbe, s'arrêta au bord du trou, hésita, puis tomba.

— Voilà un coup adroit, dit Jack d'une voix rauque tout en soulevant son poignet d'un air soulagé.

Il ne s'était rien produit, le charme devait être rompu.

— Si vous voulez bien attendre une minute, dit le jeune homme, je voudrais bourrer ma pipe.

Les deux joueurs s'arrêtèrent et Jack emplit sa

pipe d'une main qu'il ne pouvait empêcher de trembler. Un énorme poids semblait ôté de son esprit. Il dit avec soulagement :

— Quelle belle journée !

Puis, au moment où Lavington levait son club, une voix de femme à l'agonie cria :

— A l'assassin ! Au secours !

Jack laissa échapper sa pipe et regarda dans la direction du cri, puis il se tourna vers son compagnon. Celui-ci, la main en visière devant les yeux, déclara :

— Un peu court, je crois.

Il n'avait rien entendu.

Un vertige s'empara de Jack qui fit un ou deux pas en titubant. Quand il reprit connaissance, il était allongé sur l'herbe et Lavington se penchait sur lui en disant :

— Attention, ne bougez pas.

— Que m'est-il arrivé ?

— Vous avez perdu connaissance... ou presque, jeune homme.

— Mon Dieu ! gémit le pauvre garçon.

— Qu'avez-vous ? Des ennuis ?

— Je vais tout vous expliquer dans un instant, mais d'abord, je voudrais vous poser une question.

Le médecin alluma sa pipe, s'assit sur le talus et répondit avec calme :

— Tant que vous voudrez.

— Vous m'avez étudié depuis un ou deux jours. Pourquoi ?

Lavington cligna de l'œil.

— Voilà une question gênante... Il est toujours permis de regarder ses semblables...

— Ne vous dérobez pas, je parle sérieusement et j'ai une raison impérieuse de vous interroger.

Le médecin prit un air professionnel.

— Je vais vous répondre en toute franchise. J'ai

décelé en vous tous les signes d'une intense préoccupation et je me suis demandé d'où elle venait.

— Je puis vous renseigner, dit Jack tristement. Je deviens fou !

Il s'interrompit, mais, comme cette déclaration ne paraissait pas susciter l'intérêt et l'effroi auxquels il s'attendait, il répéta :

— Je vous dis que je deviens fou...

— Très curieux, murmura Lavington, vraiment très curieux...

— C'est tout l'effet que cela vous produit ? répliqua Jack, indigné. Les médecins n'ont pas de cœur.

— Voyons, voyons, mon jeune ami, vous parlez sans réfléchir. D'abord, bien que j'aie passé mon doctorat, je ne pratique pas et je ne soigne pas le corps.

Jack le dévisagea :

— Vous soignez le cerveau ?

— Jusqu'à un certain point, mais plutôt l'âme...

— Oh !

— Je vois que vous êtes déçu et, pourtant, il nous faut bien qualifier ainsi le principe qui existe en dehors du corps, lequel est son habitat terrestre. L'âme n'est pas seulement l'expression religieuse inventée par le clergé. Appelons-la esprit, ou subconscient, ou autrement si vous le préférez. Vous êtes froissé de mes paroles... Tout à l'heure, pourtant, je vous assure que j'ai trouvé bizarre qu'un garçon aussi bien constitué et normal que vous eût l'impression de devenir fou.

— C'est pourtant exact.

— Excusez-moi, mais je n'en crois rien.

— J'ai des hallucinations.

— Après le dîner ?

— Non, le matin.

— Ce n'est pas possible, affirma le médecin en rallumant sa pipe éteinte.

— Je vous affirme que j'entends des bruits que nul autre ne perçoit.

— Un homme sur mille voit des lunes sur Jupiter et ce n'est pas parce que les autres ne les voient pas qu'il faut douter de leur existence et traiter cet homme-là de fou.

— Les lunes de Jupiter ont été scientifiquement reconnues.

— Il est fort possible que les visions actuelles soient scientifiquement admises dans l'avenir.

Jack ne pouvait s'empêcher d'être impressionné par le calme de Lavington et il se sentit infiniment réconforté. Le médecin le dévisagea pendant un instant, puis déclara :

— Voilà qui est mieux. L'ennui, avec vous autres jeunes gens, vient de ce que vous êtes tellement convaincus de posséder la science infuse que vous êtes furieux quand quelque chose se produit qui ébranle vos opinions. Dites-moi ce qui vous fait croire que vous perdez l'esprit, puis nous déciderons s'il faut vous mettre en cellule.

Jack décrivit tout ce qui lui était arrivé, aussi sincèrement que possible, et ajouta :

— Je ne puis comprendre pourquoi, ce matin, la chose ne s'est produite qu'à 7 h 30, donc cinq minutes plus tard.

Lavington réfléchit un instant puis demanda :

— Quelle heure est-il à votre montre ?

— 8 heures moins le quart, répondit Jack après avoir vérifié.

— C'est donc fort simple : la mienne annonce 8 heures moins 20. La vôtre avance donc de cinq minutes... ce qui est capital.

— Pourquoi ?

— Voici une explication évidente : le premier jour, vous avez vraiment entendu un cri qui pouvait ou non être poussé par un plaisantin. Le lendemain, vous vous êtes figuré que vous l'entendriez à la même heure...

— Je suis sûr que non.

— Vous ne l'avez pas pensé consciemment, mais le subconscient nous joue parfois de drôles de tours. D'ailleurs, cette explication ne vaut rien, car, s'il s'agissait d'une suggestion, vous eussiez entendu le cri à 7 h 25 d'après votre montre, mais pas au moment où vous supposiez que l'heure était passée.

— Et alors ?

— Voyons, c'est bien simple, cet appel au secours occupe un endroit et un moment bien définis dans l'espace et dans le temps. L'espace est situé près de cette maison et le moment se place à 7 h 25.

— Bien, mais pourquoi suis-je seul à l'entendre ? Je ne crois ni aux fantômes ni aux esprits frappeurs. Pourquoi est-ce moi qui perçois ces bruits ?

— Nous ne pouvons le dire à présent ; il est d'ailleurs étrange que les meilleurs médiums soient choisis parmi les pires sceptiques. Ce ne sont pas les personnes qui s'intéressent aux phénomènes occultes qui les enregistrent. Certains êtres humains voient et entendent ce que d'autres négligent. Nous ignorons pourquoi et, neuf fois sur dix, ils ne le souhaitent pas et croient avoir eu des hallucinations comme vous. L'électricité aussi a de bons et de mauvais conducteurs et, pendant fort longtemps, nous avons ignoré pourquoi et nous nous sommes contentés d'accepter les faits. Maintenant nous en connaissons la raison et un jour, sans doute, nous comprendrons pourquoi vous entendez ce que cette jeune fille et moi ne percevons pas. Voyez-vous, tout est actionné par une loi naturelle et le surnaturel n'existe pas.

— Que dois-je faire ? interrogea Jack.

Lavington se mit à rire et répondit :

— Vous ne manquez pas d'esprit pratique. Pour

l'instant, bien déjeuner et partir pour Londres sans vous tourmenter au sujet de ce que vous ne comprenez pas. De mon côté, je vais me promener et essayer de me renseigner au sujet de cette maison. Je parie que c'est là que réside le mystère.

Jack se leva et répondit :

— D'accord, monsieur, mais je suis sûr...

— De quoi ?

Le jeune homme rougit et murmura :

— Que la jeune fille est normale.

Lavington sourit.

— Vous ne m'avez pas dit qu'elle est jolie ? Prenez courage car je crois que le mystère existait avant elle.

Ce soir-là, en rentrant, Jack était bourrelé de curiosité. Il mettait désormais tous ses espoirs en Lavington. Quand il descendit pour dîner, il trouva son nouvel ami dans le vestibule et Lavington lui proposa de dîner à la même table.

— Avez-vous des nouvelles, docteur ? interrogea vivement Jack.

— J'ai appris l'histoire de la *Villa des Bruyères*. Au début, elle était habitée par un vieil horticulteur et sa femme. Un entrepreneur en prit possession quand le mari mourut, et la vieille femme se retira chez sa fille. Le nouveau propriétaire modernisa la bicoque et la vendit à un citadin qui vint y passer les fins de semaine, puis la céda à un ménage appelé Turner. D'après ce que j'ai entendu dire, ces gens étaient assez originaux. Le mari était anglais, la femme, très jolie et d'allure exotique, était à moitié russe. Ils vivaient très retirés, ne voyaient personne et ne sortaient jamais de leur jardin. La rumeur publique déclarait qu'ils avaient peur... mais on ne peut guère ajouter foi à des propos de ce genre.

» Puis, un matin, de très bonne heure, ils disparurent et ne revinrent jamais. L'agent immobilier reçut une lettre de Turner, timbrée de Londres, lui enjoignant de vendre la maison le plus vite possible, ainsi que le mobilier. L'acquéreur, un certain Mauleverer, n'y habita que quinze jours, puis la mit en location meublée. Un professeur français, malade des poumons, et sa fille s'y sont installés, il y a juste dix jours.

Jack réfléchit, puis déclara :

— Cela ne nous avance guère, ne trouvez-vous pas ?

— J'aimerais en savoir plus long au sujet des Turner, dit Lavington avec calme. Ainsi que je vous l'ai dit, ils partirent de grand matin et nul n'assista à leur départ. Turner a été revu depuis, mais pas sa femme...

Jack pâlit.

— Serait-il possible ?... Croyez-vous... ?

— Ne vous agitez pas, jeune homme. L'influence de quelqu'un qui va mourir, surtout s'il s'agit de mort violente, est très forte. Les alentours peuvent s'imprégner de cette influence et la transmettre à quelqu'un en état de réceptivité... vous par exemple...

— Pourquoi moi ? murmura Jack. Pourquoi pas quelqu'un qui serait capable d'agir ?

— Vous croyez qu'il s'agit d'une intelligence raisonnée, et non d'une force aveugle ? Je ne crois pas aux esprits qui viennent sur terre dans un but déterminé. Mais ce que j'ai constaté bien des fois, et que je ne puis prendre pour de simples coïncidences, c'est qu'il existe des forces obscures qui travaillent dans le même sens.

Lavington se tut comme s'il voulait chasser une obsession, se tourna vers Jack et sourit.

Le jeune homme acquiesça volontiers sans toutefois parvenir à chasser l'idée de son esprit. Au cours des jours suivants, il fit une petite enquête sans obtenir davantage que le médecin et il renonça à jouer au golf le matin.

Un nouveau maillon de la chaîne lui fut apporté d'une manière inattendue. Un soir, en rentrant, Jack apprit qu'une jeune fille l'attendait. A sa grande surprise il reconnut « la belle aux pensées », comme il l'appelait. Elle paraissait très émue et intimidée.

— Veuillez m'excuser, monsieur, de venir vous parler ainsi, mais je désire vous apprendre quelque chose... Je...

Elle regardait autour d'elle d'un air inquiet.

— Entrez ici, répondit Jack vivement en ouvrant la porte du « salon des dames », toujours désert à cette heure-là. Veuillez vous asseoir, mademoiselle ?...

— Marchaud... Alice Marchaud...

Elle s'assit. Elle était vêtue d'un costume vert foncé qui rehaussait le charme de son teint ; le jeune homme sentit son cœur battre plus vite. Il demanda :

— Dites-moi ce qui vous inquiète.

— Voici. Nous sommes ici depuis peu de temps et, dès le début, nous avons entendu dire que notre charmante petite maison était hantée. Aucune servante ne veut y rester, ce qui n'a guère d'importance car je sais faire le ménage et la cuisine.

« Quel ange ! pensa Jack. Elle est unique. » Mais il parvint à garder l'air attentif.

— Je croyais que ces histoires de revenant étaient ridicules mais, depuis quatre jours, monsieur, j'ai fait le même rêve. Une femme très belle, grande et blonde, est auprès de moi. Elle tient dans ses mains un vase de porcelaine bleue et paraît au désespoir. Elle me tend le vase comme si elle me suppliait de le prendre. Mais je ne comprends pas pourquoi et, malheureusement, elle ne peut parler. Ce rêve a été le même pendant les deux premières nuits ; puis, avant-hier soir, il a été plus explicite. La femme s'est évaporée, tenant toujours le vase et, soudain, je l'ai entendue crier : « A l'assassin ! Au secours ! » Donc les mots que vous m'avez répétés l'autre jour. Je me suis réveillée en sursaut mais j'ai cru que j'avais eu un cauchemar. Seulement, la nuit dernière, j'ai eu le même rêve. De quoi s'agit-il, monsieur ? Vous l'avez entendu aussi. Que devons-nous faire ?

Le visage de la jeune fille était terrifié ; ses petites mains se fermaient convulsivement et elle regardait Jack d'un air suppliant. Il afficha un calme qu'il était loin d'éprouver.

— Ne vous inquiétez pas, mademoiselle. Vous devriez exposer votre rêve à un de mes amis, le Dr Lavington, qui est en séjour ici.

Alice accepta et Jack alla chercher Lavington. Le médecin dévisagea la jeune fille pendant que Harington exposait la question. Puis il se fit répéter son rêve et déclara :

— C'est fort curieux... En avez-vous parlé à votre père ?

Alice secoua la tête :

— Non, je n'ai pas voulu l'inquiéter. Il est très malade et je lui cache tout ce qui pourrait le troubler.

Lavington répondit avec bonté :

— Je comprends et je suis content que vous soyez venue me consulter. Mr Harington a eu une alerte assez semblable à la vôtre et je crois que désormais nous sommes sur une piste. Vous n'avez aucun détail à me communiquer ?

Alice sursauta.

— Oh ! si, comme je suis sotte ! Regardez, monsieur, ce que j'ai trouvé au fond d'un placard : cette feuille avait glissé derrière une planche.

Elle tendit une feuille de papier à dessin assez sale. On y avait tracé, à l'aquarelle, une esquisse, sans doute ressemblante, qui représentait une grande femme blonde, au type étranger ; elle était debout devant une table où un vase de porcelaine bleue était posé.

— Je n'ai trouvé cette feuille que ce matin, déclara la jeune fille, et ce dessin représente bien la femme que j'ai vue dans mes rêves. De plus, le vase est identique.

— C'est extraordinaire ! dit Lavington. La clef du mystère se trouve évidemment dans le vase. Il me paraît fait d'une ancienne porcelaine chinoise et avoir un dessin gravé très finement.

— C'est bien une porcelaine chinoise, affirma Jack. J'en ai vu un pareil dans la collection de mon oncle, qui est grand expert en objets d'art de ce genre.

Lavington garda le silence un instant, puis leva vivement la tête et interrogea :

— Depuis combien de temps votre oncle a-t-il ce vase, Harington ?

— Je ne sais vraiment pas.

— Réfléchissez. L'a-t-il acheté récemment ?

— Je ne sais trop... Oui, peut-être, en y réfléchissant... Les porcelaines ne m'intéressent pas, mais je me souviens qu'il m'a montré ses « récentes acquisitions » et que ce vase en faisait partie.

— Y a-t-il moins de deux ans ? Les Turner ont quitté le cottage juste à ce moment-là.

— Je crois en effet que la date correspond.

— Votre oncle est-il un habitué des ventes aux enchères ?

— Certes oui.

— Donc, il n'est pas impossible qu'il ait acheté ce vase à la vente du mobilier Turner. C'est une étrange coïncidence, ou plutôt, ce que j'appelle un acte de justice. Il nous faut, Harington, savoir le plus vite possible où votre oncle a acheté cette porcelaine.

Le visage de Jack se rembrunit.

— Je crains que ce ne soit impossible, car il est sur le continent et je ne saurais même pas où lui écrire.

— Combien de temps durera son absence ?

— Trois semaines ou un mois au moins.

Il y eut un silence et la jeune fille regarda tour à tour les deux hommes avec anxiété.

— Ne pouvons-nous rien faire ? interrogea-t-elle d'une voix timide.

— Si, répondit Lavington d'un ton assez excité. Ce sera assez peu banal, mais je crois que cela peut réussir. Harington, il faut vous emparer de ce vase, l'apporter ici et, si mademoiselle le permet, nous passerons une nuit au cottage en compagnie de l'objet.

Jack éprouva quelque inquiétude et demanda :

— Qu'arrivera-t-il à votre avis ?

— Je n'en ai pas la moindre idée, mais je crois que le mystère sera élucidé et que le fantôme sera vaincu. Il est possible que le vase ait un double fond dans lequel un objet est caché. S'il ne se produit rien, nous devrons nous montrer ingénieux.

Alice battit des mains et s'écria :

— Voilà une idée merveilleuse !

Ses yeux brillaient d'enthousiasme mais Jack était beaucoup moins satisfait. En réalité, il avait peur. Toutefois, pour rien au monde il ne l'eût avoué devant la jeune fille. Le médecin paraissait croire que sa proposition était la plus naturelle du monde.

— Quand pourrez-vous apporter le vase ? demanda Alice en se tournant vers Jack.

— Demain, répondit-il sans enthousiasme.

Il lui fallait s'exécuter, mais le souvenir de l'appel qui le hantait chaque matin devait être dominé s'il voulait aboutir. Le lendemain soir il se rendit chez son oncle et prit le vase. En le revoyant, il fut plus convaincu que jamais qu'il avait servi de modèle à l'aquarelle. Toutefois, en l'examinant de plus près, il n'y découvrit aucune cachette.

Il était 11 heures quand Lavington et lui arrivèrent aux *Bruyères*. Alice les attendait et leur ouvrit sans bruit avant qu'ils aient pu sonner.

— Entrez, murmura-t-elle. Mon père dort là-haut et il ne faut pas l'éveiller. Je vous ai préparé du café ici.

Elle les conduisit dans un petit boudoir où brûlait une lampe à alcool et leur offrit un excellent café.

Jack ôta l'emballage du vase chinois et Alice sursauta.

— Oui ! Oui ! s'écria-t-elle, c'est bien lui. Je le reconnaîtrais entre mille.

Pendant ce temps, Lavington se livrait à divers préparatifs : il ôta tous les bibelots qui occupaient une petite table et les posa au milieu de la pièce. Puis il approcha trois chaises, prit le vase bleu des mains de Jack et l'installa au centre de la table.

— Nous sommes prêts, dit-il. Eteignez les lumières et asseyons-nous autour de la table dans l'obscurité. (Quand ses deux compagnons eurent obéi, il reprit :) Ne pensez à rien, ou à n'importe quoi, mais ne vous forcez pas. Il est possible que l'un de nous ait des dons médiumniques. Dans l'affirmative, il entrera en transe. Soyez tranquilles, vous n'avez rien à craindre. Chassez la peur de vos cœurs et laissez-vous glisser... glisser...

Sa voix s'éteignit et le silence tomba. Puis il devint de plus en plus chargé de significations... Mais Lavington avait beau dire : « Bannissez la crainte », Jack était pris de panique et convaincu que la jeune fille éprouvait la même émotion.

Elle dit soudain :

— Il va se produire quelque chose de terrible, je le sens...

— Bannissez la crainte, répondit Lavington, et ne combattez pas cette influence...

L'obscurité parut devenir plus profonde et le silence plus saisissant tandis que la menace approchait... Jack étouffait, le mauvais esprit était là... Puis la menace s'éloigna et il se sentit glisser dans l'eau...

Ses paupières se fermèrent, la paix et l'obscurité l'envahirent...

Jack remua un peu, sa tête lui semblait lourde comme du plomb. Où était-il ? Du soleil, des oiseaux... Etendu à terre, il regardait le ciel...

Soudain la mémoire lui revint... la séance, la petite pièce. Alice et le médecin... Que s'était-il passé ?

Il s'assit, la tête bourdonnante, et regarda autour de lui... Il était couché dans un petit taillis non loin du cottage, et il était seul. Il regarda sa montre et, à sa profonde surprise, constata qu'il était midi et demi.

Jack fit un effort pour se lever et courut aussi vite que possible vers la maison. Sans doute ses habitants s'étaient-ils effrayés de sa syncope et l'avaient-ils transporté au grand air. Arrivé au cottage, il frappa fortement à la porte, mais on ne répondit pas et il ne constata aucun signe de vie aux alentours. Etait-on allé chercher du secours ? Soudain, Harington fut envahi par la frayeur... Que s'était-il passé la veille au soir ? Il se dirigea vers son hôtel aussi rapidement que possible et s'apprêtait à demander des explications au bureau quand il reçut dans les côtes un coup de poing qui lui fit presque perdre l'équilibre. Il se retourna, indigné, et aperçut un vieux monsieur à cheveux blancs qui riait gaiement.

— Tu ne m'attendais pas, mon garçon ?

— Comment ! c'est vous, oncle George ? Je vous croyais bien loin d'ici, quelque part en Italie...

— Je n'y étais pas. J'ai débarqué à Douvres hier soir, j'ai décidé de rentrer à Londres en auto et de m'arrêter ici pour te voir. Et je ne t'ai pas trouvé, c'est du joli !

— Mon oncle, s'écria Jack, j'ai la plus extraordinaire histoire à vous raconter et je crains que vous n'y ajoutiez pas foi !

— C'est fort possible, répondit le vieillard en riant, je t'écoute.

— Il faut d'abord que je mange car je suis affamé.

Jack conduisit son oncle dans la salle à manger et, tout en engloutissant un copieux repas, raconta son histoire qu'il acheva par ces mots : « Dieu seul sait ce qu'ils sont devenus... »

L'oncle paraissait près de l'apoplexie quand il balbutia :

— Le vase bleu, lui..., qu'est-il devenu ?

Jack le dévisagea mais commença à comprendre quand le vieillard le submergea sous un torrent d'imprécations :

— Un Ming... unique au monde. La perle de ma collection... valant au bas mot dix mille livres sterling... Hoggenheimer, un millionnaire américain, me les offrait... Seule pièce semblable au monde... Damnation ! qu'as-tu fait de mon vase bleu ?

Jack bondit de la pièce. Il lui fallait trouver Lavington. L'employée de la réception le dévisagea froidement :

— Le Dr Lavington est parti cette nuit en auto. Il a laissé un mot pour vous.

Jack ouvrit le pli :

Mon jeune ami,

L'ère du surnaturel est-elle révolue ? Pas tout à fait, surtout quand elle est traduite en langage scientifique moderne.

Meilleurs souvenirs d'Alice, de son père infirme et de moi-même. Nous avons douze heures d'avance, ce qui doit nous suffire.

Bien à vous.

Ambroise Lavington,
médecin de l'âme

(Traduction de Claire Durivaux)

LA MÉTAMORPHOSE D'EDWARD ROBINSON
(The Manhood of Edward Robinson)

D'un seul mouvement de ses bras puissants, Bill la souleva de terre et la serra sur sa poitrine. Elle gémit doucement et lui donna ses lèvres dans un baiser incandescent.

Edward Robinson poussa un soupir, reposa *Quand l'amour est roi*, et regarda le métro qui passait devant sa fenêtre. Ce Bill, c'était un homme ! Edward Robinson lui enviait ses muscles, son charme brutal et ses élans volcaniques. Il reprit le livre, lut la description de la fière *marchesa* Bianca — celle qui embrassait si bien. Sa beauté était si dévastatrice, sa séduction si brûlante que, éperdus d'amour, les hommes les plus forts tombaient à ses pieds, désarmés.

« Evidemment, se dit Edward, tout ça, c'est des blagues. Mais quand même, je me demande... »

Son regard pétillait d'envie. Existait-il, quelque part, un monde d'aventures romanesques peuplé de femmes à la beauté ravageuse ? L'amour qui vous dévore comme une flamme s'y rencontrait-il ?

« Ça, c'est la vie, la vraie... »

A bien y réfléchir, Edward ne devait pas se plaindre de son sort. Il avait une belle situation de commis dans une grosse entreprise. Il était en excellente santé, ne dépendait de personne et était fiancé à Maud.

Mais la seule évocation de Maud assombrissait son humeur. Il n'aurait jamais voulu l'admettre, mais il en avait peur. Il l'aimait, oh ! oui ! Il se rappelait encore le frémissement qui l'avait parcouru à la seule vue de sa nuque blanche, la première fois qu'il l'avait rencontrée. Il se trouvait au cinéma, derrière elle, avec un ami qui la connaissait et l'avait présenté. Sans contestation possible, Maud était vraiment parfaite : jolie, intelligente, sachant se tenir. Elle semblait toujours avoir raison. On s'accordait à dire qu'elle ferait une excellente épouse.

Edward se demandait si cette *marchesa* Bianca eût fait une bonne épouse. Il en doutait un peu. Il se représentait difficilement la voluptueuse Bianca, avec ses lèvres rouges et ses formes onduleuses, occupée à ravauder les chaussettes du splendide Bill.

Bianca, c'était du roman.

Maud et lui seraient très heureux ensemble. Elle avait tellement de bon sens...

Cependant, il lui eût souhaité un... un peu plus de souplesse, un peu moins de propension à lui faire des observations.

Maud agissait par raison. Edward n'était pas déraisonnable par principe mais, parfois... Par exemple, il aurait voulu se marier à Noël. Maud avait démontré qu'il serait plus sage d'attendre un peu... un an ou deux peut-être. Il ne gagnait pas beaucoup d'argent. Il lui avait acheté une bague coûteuse. Horrifiée, Maud l'avait contraint d'aller l'échanger contre une autre, moins chère.

Edward se prenait à désirer lui connaître plus de défauts. Ses qualités l'entraînaient à des actes désespérés...

« Par exemple... »

Un flot de sang lui empourpra le visage. Il fallait qu'il lui dise... le plus tôt possible. Il avait un secret ! Demain commençaient les vacances de Noël. Maud lui avait proposé de venir chez ses parents. Il avait décliné l'offre de façon si maladroite qu'elle ne pouvait manquer de s'étonner. Il lui avait conté une longue histoire, inventée de toutes pièces, avait parlé d'un camarade habitant la campagne avec lequel il avait promis de passer une journée.

Trois mois auparavant, à l'instar de quelques centaines de milliers d'autres jeunes gens, Edward Robinson avait participé à un concours proposé par un journal hebdomadaire. Il s'était agi de classer douze prénoms féminins par ordre de préférence. Edward avait eu une idée lumineuse. Sachant d'expérience que son propre goût ne servirait à rien, il avait dressé une liste selon son cœur, puis il avait interverti l'ordre de classement, mettant en tête le prénom qu'il avait inscrit en queue et ainsi de suite.

Et il avait gagné et touché le premier prix, cinq cents livres. Ce résultat qui n'était, en fait, qu'un coup de chance, Edward se persuadait le devoir à son « système ». Il était très fier de lui.

Mais que faire de cet argent ? Il savait parfaitement ce qu'aurait dit Maud : « Placez-le. » Et elle aurait eu raison.

Edward l'aurait-il reçu en héritage qu'il l'aurait pieusement converti en bons du Trésor. Mais devoir une pareille somme à un simple trait de plume, c'est se trouver dans la situation d'un enfant auquel on donne mille francs avec l'autorisation d'en disposer à son gré.

Chaque jour, en se rendant à son bureau, il passait devant une vitrine où était exposé un cabriolet à deux places, aux lignes aérodynamiques. On en demandait quatre cent soixante-cinq livres.

« Si j'étais riche, s'était répété Edward, tu serais à moi. »

Et maintenant, il était, sinon riche, du moins possesseur de la somme lui permettant de réaliser son rêve. Cette voiture, ce bijou étincelant, serait sienne, s'il le voulait.

Il avait pensé parler de son gain à Maud. La jeune fille mise au courant, il aurait été assuré contre les tentations. A cause de la réprobation violente de sa fiancée, jamais il n'aurait eu le courage de persister dans sa folie. Mais, chose curieuse, ce fut Maud elle-même qui emporta sa décision. Il l'avait emmenée au cinéma, aux meilleures places. Elle lui avait fait remarquer, avec gentillesse mais fermeté, la légèreté criminelle de sa conduite... Gaspiller ainsi l'argent... alors qu'on voyait aussi bien assis dans des fauteuils moins chers...

Il avait enregistré ses reproches dans un silence boudeur. Maud sentit avec satisfaction qu'elle l'avait impressionné. Elle ne pouvait laisser passer ses extravagances. Elle l'aimait et c'était un faible. A elle de lui montrer le droit chemin. Elle observa du coin de l'œil, avec une joie sereine, son attitude humble.

Ecrasé par cette éloquence, Edward avait courbé le dos, mais c'est à cette minute précise qu'il décida d'acheter la voiture.

« Bon sang ! J'agirai à ma guise, au moins une fois dans ma vie. Maud peut aller se faire pendre ! »

Le lendemain matin, il avait passé la porte du palais de verre et, avec un esprit de décision qui l'avait surpris lui-même, avait acquis la voiture.

Il y avait quatre jours de cela. Quatre jours qu'il avait vécus, calme en apparence, mais nageant dans l'extase. Et il n'en avait pas encore soufflé mot à Maud. A l'heure du déjeuner, on lui avait enseigné à manier l'objet de sa folie. Il s'était montré excellent élève.

Le lendemain, veille de Noël, il irait faire un tour à la campagne. Il avait menti à Maud et recommencerait, au besoin. Cette voiture était, pour lui, le roman, l'aventure, tout ce qu'il désirait passionnément, mais sans espoir...

Mais, demain enfin allait venir ! Demain il prendrait la route vers l'air pur, vers l'espace, laissant derrière lui le tumulte de Londres.

Il abaissa les yeux sur le livre qu'il avait entre les doigts. *Quand l'amour est roi.* Il rit et le glissa dans sa poche. La voiture, les lèvres rouges de la *marchesa* Bianca, les étonnantes prouesses de Bill, tout se mêlait. Demain...

Le temps, qui déçoit presque toujours ceux qui comptent sur sa clémence, montra d'aimables dispositions. Il lui accorda la journée de ses rêves : un froid sec, un ciel bleu pâle, un soleil couleur de primevère.

Edward, d'humeur aventureuse, se mit au volant. Il connut quelques ennuis à Hyde Park Corner, un contretemps désagréable à Putney Bridge et des mouvements d'impatience grossière de la part d'autres chauffeurs. Cependant, pour un novice, il se débrouilla fort bien et arriva sur une de ces vastes artères qui sont la joie des automobilistes. La circulation était faible. Il conduisait, ravi de sa maîtrise. Léger comme un dieu, il fendait l'air.

Ce fut une journée de délices. Il s'arrêta pour déjeuner dans une vieille auberge à l'ancienne mode, puis, un peu plus tard, pour le thé. Et c'est de très mauvaise grâce qu'il fit demi-tour pour retrouver Londres, Maud et ses inévitables récriminations...

Il chassa cette idée. Demain, il ferait jour. Profiter de l'heure présente, foncer dans l'obscurité derrière le pinceau lumineux des phares, n'était-ce pas la sagesse ?

Il n'avait pas le temps de s'arrêter pour dîner. Londres était loin encore. A 8 heures, il traversa Hindhead et atteignit le bord de Delvil's Punch Bowl. La lune brillait et la neige, tombée deux jours auparavant, était encore intacte.

Il arrêta sa voiture et regarda autour de lui. Après

tout, pourquoi rentrer à Londres avant minuit ? Et s'il ne rentrait pas ?

Il mit pied à terre et gagna la crête. Un sentier s'offrait, tentateur. Durant la demi-heure qui suivit, Edward, en délire, erra dans un monde ouaté de neige.

Il rejoignit sa voiture et se remit en route, un peu grisé encore. Puis, avec un profond soupir, il revint à lui et plongea la main dans la boîte à gants, à la recherche du cache-nez qu'il y avait mis le matin.

Mais elle était vide... Non, pas tout à fait, cependant. Elle contenait quelque chose de dur, comme une poignée de cailloux.

Il enfonça la main plus avant. L'instant d'après, il regardait, frappé de stupeur, l'objet qu'il tenait entre ses doigts : un collier de diamants qui jetaient mille feux au clair de lune.

L'œil écarquillé, il contemplait sa trouvaille. Aucun doute possible, il venait de sortir de la boîte à gants de sa voiture un bijou somptueux, d'une énorme valeur.

Qui l'avait mis là ? Il ne s'y trouvait pas à son départ de Londres, il en était certain. On avait dû profiter de ce qu'il se promenait dans la neige. Mais pourquoi avoir choisi *sa* voiture ? Le propriétaire du collier aurait-il commis une erreur ? Où... s'agirait-il... d'un bijou *volé* ?

Brusquement, un frisson glacé le parcourut. *Il n'était pas dans sa voiture.*

Celle-ci était exactement semblable à la sienne. Elle était du même rouge écarlate, elle possédait le même capot allongé et rutilant, mais Edward comprit, à mille petits détails, que ce n'était pas la sienne. Elle portait, çà et là, discrète mais indiscutable, la trace des ans. Alors ?...

Sans chercher davantage, Edward se mit en devoir de rebrousser chemin. Il n'était pas encore très versé dans l'art du demi-tour et confondait, avec une désolante facilité, la pédale de frein avec celle de l'accélérateur. L'opération réussit cependant, et la voiture bondit sur la route de la colline.

Il s'en souvenait maintenant. Il avait vaguement vu une autre voiture arrêtée non loin de la sienne. Sans s'en apercevoir, il avait regagné la route. Il était revenu de sa promenade par un autre sentier que celui de l'aller. Il s'était retrouvé derrière l'autre voiture, l'étrangère...

Dix minutes plus tard, il se retrouvait à l'endroit de sa première halte. Rien en vue. L'autre avait-il été, lui aussi, trompé par la ressemblance ?

Il sortit le collier de diamants de sa poche et, pensif, il le fit glisser entre ses doigts et l'égrena.

Que faire ? Courir au poste de police ? Exposer son cas, restituer le bijou et donner le numéro de sa propre voiture ?

Le numéro de sa voiture ? Il l'avait totalement oublié.

On le prendrait pour un bel imbécile. Mais ce n'était rien encore. Il jeta au collier un regard inquiet. N'allait-on pas le soupçonner d'avoir volé le tout : voiture et diamants ? Quel homme, doué de raison, pouvait laisser un bijou de cette valeur au fond de la boîte à gants d'une voiture ?

Il fit le tour de l'auto, déchiffra la plaque minéralogique : XR 10061. Cela ne lui apprenait rien. Alors, fiévreusement, il fouilla toutes les poches de la voiture. Dans celle qui avait contenu le collier, un bout de papier portait quelques lignes, au crayon. Il les déchiffra à la lumière des phares.

Rendez-vous à Greane, au coin de Salter's Lane. 10 heures.

Ce nom, il l'avait lu sur un poteau indicateur. Sa décision fut vite prise. Il se rendrait à Greane, trouverait Salter's Lane, rencontrerait l'auteur du billet, lui exposerait la situation.

Il se mit en route, joyeux. Il l'avait, son aventure ! Ce genre de choses n'arrivait pas tous les jours.

Il éprouva quelque difficulté à trouver Greane et encore plus à situer Salter's Lane.

Cependant, l'heure du rendez-vous n'était dépassée que de quelques minutes lorsqu'il s'engagea avec précaution le long d'une route étroite qui devait le mener au but.

Il freinait quand une silhouette sortit de l'obscurité et s'approcha.

— Enfin ! Vous en avez mis du temps, Gerald !

La jeune fille qui venait de parler s'encadra dans la lumière des phares et Edward en eut le souffle coupé. Jamais il n'avait rencontré plus radieuse créature.

Elle avait des cheveux de jais et de merveilleuses lèvres rouges. Le lourd manteau de fourrure qu'elle portait s'écarta, laissant voir une robe du soir couleur de flamme, qui épousait les lignes d'un corps parfait. Un rang de perles splendides entourait son cou.

Soudain, la jeune fille sursauta.

— Mais ! Vous n'êtes pas Gerald !

— Non. Ecoutez-moi. (Et sortant le collier de sa poche :) Je suis Edward...

Il ne put poursuivre. La jeune fille battit des mains et lui coupa la parole.

— Edward, mais bien sûr ! Oh ! je suis ravie. Mais cet idiot de Jimmy m'a dit au téléphone qu'il envoyait Gerald avec la voiture. C'est chic d'être venu. Je mourais d'envie de vous revoir. Il y a si longtemps... Je n'avais que six ans la dernière fois que je vous ai vu. Vous avez le collier, c'est parfait. Remettez-le dans votre poche. Inutile d'attirer l'attention du garde champêtre. Brrr ! Quel froid ! Cette attente, les pieds dans la neige... Je monte !

D'un geste machinal, Edward ouvrit la portière et

la jeune fille s'installa à côté de lui. Ses fourrures lui frôlèrent la joue et un parfum subtil emplit ses narines.

Il n'avait aucun projet, aucune intention définie. Il s'abandonna à l'aventure, au destin. Elle l'avait appelé Edward... Il s'agissait d'un autre, évidemment, mais peu importait. Elle reconnaîtrait bien assez tôt sa méprise. Pour l'instant, il n'avait qu'à laisser faire. Il mit le contact et la voiture démarra.

La jeune fille éclata d'un rire adorable, comme elle.

— Vous n'êtes pas un as du volant, cela se voit. On roule peu, là-bas ?

— En effet, répondit Edward à tout hasard.

— Laissez-moi conduire. Il n'est pas facile de s'y retrouver dans tous ces chemins avant d'atteindre la grand-route.

Il lui céda le volant avec empressement et la voiture fonça dans la nuit à une allure terrifiante.

— J'adore la vitesse. Pas vous ?... Vous ne ressemblez pas du tout à Gerald. Jamais on ne vous prendrait pour les deux frères. Vous êtes tout autre que je n'imaginais, d'ailleurs.

— Oui, dit Edward. Je suis très médiocre, très moyen...

— Oh ! non... ce n'est pas cela... Vous êtes indéfinissable. Comment va ce pauvre Jimmy ? Il doit être furieux ?

— Oh ! Jimmy va très bien.

— C'est vite dit... mais ce n'est pas de chance de se fouler la cheville. Vous a-t-il raconté toute l'histoire ?

— Pas un mot. Je suis dans le noir. Si vous pouviez me renseigner...

— Tout s'est passé comme dans un rêve. Jimmy est entré par la porte principale, déguisé en fille. Je lui ai accordé deux minutes et je suis passée par la fenêtre. La femme de chambre d'Agnès Larella disposait les vêtements et les bijoux de sa maîtresse. Quelqu'un a hurlé, en bas, le pétard est parti et tout le monde a crié au feu. La femme de chambre s'est précipitée pour voir ce qui se passait. Je n'attendais que cela. J'ai saisi le collier, je suis ressortie à toute vitesse et je l'ai glissé avec un petit billet dans la voiture, en passant. Ensuite, j'ai rejoint Louise à l'hôtel après avoir retiré mes snow-boots. Un alibi parfait. Elle ne se doute pas du tout que je suis sortie.

— Et Jimmy ?

— Oh ! vous en savez plus long que moi.

— Il ne m'a rien dit, répondit Edward.

— Dans le désarroi général, il s'est pris le pied dans sa robe et s'est tordu la cheville. On a dû le porter dans la voiture. Le chauffeur des Larella l'a reconduit à la maison. Quelle catastrophe si le chauffeur avait glissé sa main dans la boîte à gants !

Edward riait comme elle, mais son esprit travaillait fiévreusement. Il commençait à comprendre la situation. Larella était un nom assez familier, synonyme de puissance et d'argent. La jeune fille et un inconnu, qu'elle appelait Jimmy, avaient décidé de voler le collier. Ils avaient réussi. A cause de sa cheville foulée et de la présence du chauffeur, Jimmy n'avait pas pu regarder dans la boîte à gants avant de téléphoner à sa complice. Mais il était à peu près certain que l'autre inconnu, Gerald, le ferait à la première occasion. Dans ce cas, il trouverait le foulard d'Edward !

— Ça roule, hein ! dit la jeune fille.

Un tramway passa. Ils étaient maintenant dans la banlieue de Londres, et se faufilaient entre les autres voitures. Edward avait le cœur au bord des lèvres. Elle savait conduire, cette petite, mais elle prenait trop de risques !

Un quart d'heure plus tard, ils s'arrêtaient devant une maison d'aspect imposant.

— Nous allons pouvoir nous changer un peu avant d'aller au *Ritson's*, dit la jeune fille.

— Au *Ritson's* ! répéta Edward avec une nuance de respect à la seule évocation du fameux cabaret.

— Oui. Gerald ne vous l'a pas dit ?

— Il n'en a rien fait, répondit le jeune homme, maussade. Je ne suis pas habillé.

Elle fronça les sourcils.

— Alors, vous ne savez *rien* ? On va vous équiper. Il nous faut aller jusqu'au bout.

Un maître d'hôtel majestueux leur ouvrit la porte et s'écarta pour les laisser entrer.

— Mr Gerald Champneys a téléphoné. Il désirait vivement parler à Votre Seigneurie. Mais il n'a pas voulu laisser de message.

« Je le comprends, se dit Edward. Ainsi, je m'appelle Edward Champneys. Mais qui est-elle ? "Votre Seigneurie !" Pourquoi a-t-elle volé ce collier ? Dettes de jeu ? »

Dans les feuilletons dont il faisait sa pâture quotidienne, la belle héroïne titrée était toujours acculée à la catastrophe par des dettes de bridge.

Guidé par le majestueux maître d'hôtel, Edward fut remis aux mains d'un valet de chambre aux gestes mesurés. Un quart d'heure plus tard, il rejoignit son hôtesse dans le hall, impeccable dans un habit sorti tout droit de Savile Row.

Quelle soirée inoubliable !

Ils remontèrent en voiture pour gagner le *Ritson's*. Comme tout le monde, Edward avait entendu les échos scandaleux concernant ce cabaret. Qui ne connaissait le *Ritson's* ? Il n'avait qu'une crainte : rencontrer un ami du véritable Edward Champneys. Mais ce dernier avait évidemment vécu longtemps à l'étranger et cette pensée le rassura.

Assis à une petite table, ils burent des cocktails. Des cocktails ! Pour Edward, c'était la quintessence même du luxe, du faste. La jeune fille, drapée dans une étole merveilleusement brodée, buvait avec nonchalance. Brusquement, elle se leva.

— Dansons ! dit-elle.

C'était le seul exercice qu'il pratiquât à la perfection. On s'arrêtait pour les regarder.

— Oh ! j'ai failli oublier ! Le collier, s'il vous plaît ?

Elle tendit la main. Ahuri, Edward sortit le bijou de sa poche et le lui tendit. Elle l'agrafa à son cou et adressa à son compagnon un sourire enchanteur.

— Venez, à présent, dit-elle doucement.

Ils dansèrent. Et, de mémoire de *Ritson's*, jamais on ne vit spectacle plus parfait.

Ils regagnaient leur table lorsqu'un vieux monsieur à l'air conquérant s'approcha de la jeune fille.

— Ah ! lady Noreen ! Toujours à danser ! Le capitaine Folliot est-il ici ?

— Jimmy a fait une chute... Il s'est foulé la cheville.

— Non ? Comment cela est-il arrivé ?

— Je n'ai encore aucun détail.

Elle rit et poursuivit son chemin.

Edward la suivit, l'esprit en déroute. Il savait, à présent. Lady Noreen. Folliot. La fameuse lady Noreen dont toute l'Angleterre parlait. Célèbre par sa beauté, son audace... tête de file de la jeunesse dorée. On avait annoncé, récemment, ses fiançailles avec le capitaine de cavalerie de la garde, James Folliot, V.C.

Mais le collier ? Il ne comprenait pas. Tant pis, il en courrait le risque ! Il attendit qu'elle soit assise.

— Mais pourquoi avoir fait cela, Noreen ? Dites-le-moi !

Elle sourit, rêveuse, le regard lointain.

— Evidemment, vous ne pouvez pas comprendre.

C'est fatigant de toujours faire la même chose. La chasse au trésor, ça va pour un temps, mais c'est fou comme on s'en lasse. J'ai pensé aux cambriolages. Cinquante livres de droit d'entrée et un tirage au sort. Jimmy et moi, nous avons sorti Agnès Larella. Vous connaissez les règles ? Trois jours pour effectuer le cambriolage et porter l'objet au moins une heure en public, sinon, on perd son enjeu et cent livres. Cette cheville foulée, c'est de la déveine. Mais nous gagnerons quand même.

— Je comprends, dit Edward lentement.

Noreen se leva d'un geste vif et s'entoura de son étole.

— Conduisez-moi quelque part. Sur les quais. Dans un coin terrifiant, délicieux. Une seconde... (Elle détacha le collier.) Reprenez-le. Ça vaut mieux. Je ne tiens pas à me faire égorger à cause de lui.

Ils sortirent du cabaret, côte à côte. La voiture se trouvait dans une petite rue voisine, mal éclairée. Comme ils tournaient le coin, une auto freina brusquement et un jeune homme bondit vers eux.

— Noreen ! Enfin, je vous retrouve ! s'écria-t-il. Cet abruti de Jimmy s'est trompé de voiture. Dieu sait où sont les diamants à l'heure actuelle ! Nous sommes dans un beau pétrin !

Lady Noreen le regarda, stupéfaite.

— Comment ? Mais nous les avons... enfin, Edward les a.

— Edward ?

— Oui, répondit-elle avec un petit geste vers son compagnon.

« Je suis dans le pétrin, se dit Edward. Ainsi voilà le frère, voilà Gerald ! »

Le nouveau venu fronçait les sourcils.

— Que dites-vous ? fit-il lentement. Edward est en Ecosse !

— Oh ! s'écria la jeune fille en regardant son cavalier d'un air égaré. Oh ! (Elle pâlit, puis rougit.) Ainsi, dit-elle d'une voix sourde, vous êtes un vrai cambrioleur ?

Il fallut très peu de temps à Edward pour saisir la situation. Il pouvait lire une certaine crainte dans les yeux de la jeune fille et... oui... de l'admiration. Il jouerait le jeu jusqu'au bout !

— Il me reste à vous remercier, lady Noreen, dit-il en s'inclinant avec grâce. Je n'oublierai pas cette charmante soirée...

Du coin de l'œil, il avait repéré l'auto d'où était descendu Gerald. Sa voiture !

— Bonsoir !

Un saut léger, déjà il était derrière le volant, le pied sur l'accélérateur. La voiture bondit en avant. Gerald, stupéfait, ne bougea pas. Mais la jeune fille fut plus vive. Elle s'élança sur le marchepied.

Un virage brutal, un coup de frein violent. Noreen, le souffle court, posa sa main sur le bras d'Edward.

— Donnez-le-moi... Je dois le rendre à Agnès Larella. Oh ! soyez chic... nous avons passé une soirée épatante, tous les deux... nous avons dansé... nous avons été... camarades. Ne voulez-vous pas me le rendre ! A *moi* ?

« Une femme à la beauté ensorcelante. »

Mais oui, cela existait !

Edward était trop heureux de se défaire du collier et le ciel lui donnait l'occasion d'un geste noble.

Il le sortit de sa poche et le laissa tomber dans le creux de la main tendue.

— En souvenir de notre camaraderie, dit-il.

— Ah !

Les beaux yeux s'illuminèrent ; elle approcha son visage du sien et il le retint, ses lèvres contre les siennes.

Puis la jeune fille sauta à terre et la voiture démarra, d'un bond.

Le Roman !

L'Aventure !

A midi, le lendemain, Edward Robinson pénétrait dans le petit salon d'une maison de Clapham.

— Joyeux Noël, dit-il.

Maud, qui disposait une branche de houx, le salua avec froideur.

— Vous vous êtes bien amusé à la campagne, avec votre ami ? demanda-t-elle.

— Ecoutez-moi, Maud ! Je vous ai menti. J'ai gagné cinq cents livres à un concours et j'ai acheté une voiture. Ça, c'est le premier point. L'achat est fait, il n'y a plus rien à dire. Quant au second, le voici : je n'ai pas l'intention de lanterner pendant des années. Nous nous marierons le mois prochain. Vu ?

— Oh ! dit Maud d'une voix mourante.

Rêvait-elle ? Etait-ce *Edward* qui parlait sur ce ton de maître ?

— Oui ou non ?

Elle leva sur lui un regard où se mêlaient la crainte et l'admiration. Il fut grisé ! Disparue, cette attitude maternelle qui l'exaspérait !

Lady Noreen l'avait regardé de la même façon, la nuit précédente. Mais Noreen avait rejoint le domaine du roman, aux côtés de la *marchesa* Bianca. La réalité, c'était « sa » femme.

— Oui ou non ? répéta-t-il en avançant d'un pas.

— Ou... oui..., balbutia Maud. Mais, Edward, qu'est-il arrivé ? Vous avez tellement changé !

— Pendant vingt-quatre heures, j'ai été un homme et non un mollusque... et par Dieu, ça paie !

Il la saisit comme l'eût fait Bill, le surhomme.

— Maud ! Tu m'aimes ? Dis-moi ! Tu m'aimes ?

— Oh ! Edward ! gémit-elle. Je t'adore...

(Traduction de Monique Thies)

Les Intégrales
du Masque

IMPRIMÉ EN FRANCE PAR BRODARD ET TAUPIN
Usine de La Flèche (Sarthe).
ISBN : 2 - 7024 - 1472 - 9
ISSN : 0768 - 1070

H 52/1782/3